爆肝工程師的異世界狂想曲

23

愛七ひろ

Death Marching to the Parallel World Rhapsody

Presented by Hiro Ainana

Kadokawa Fantastic Novels

插畫／shri

C O N T E N T S

Death Marching to the Parallel World Rhapsody 23

序章

「組人，有客人。」

「組人，來了。」

「組人，快點。」

當我正在店內深處的廚房替魔法藥備貨時，幾名身高約只到我的膝蓋，外表長得像倉鼠的蹴鞠鼠人小孩店員過來呼喚我。

「知道了，我馬上過去。」

我將做到一半的魔法藥收進儲倉，與吵吵鬧鬧拉著我褲管的倉鼠小孩們一起走向櫃檯。

「蘿蘿她不在嗎？」

「蘿蘿，出門了。」

「蘿蘿，送貨。」

「蘿蘿，剛剛這麼說了。」

我口中的蘿蘿是這間雜貨店「勇者屋」的老闆。

「哦，終於出來啦。」

「讓您久等了，諾娜小姐。今天是要做冒險的準備嗎？」

「看我的打扮就知道了吧？」

眼前這位女性**冒險者**諾娜小姐身穿隨時可能撐破的皮鎧，身體有著曲線美。她是這間雜貨店的常客。

「我要五瓶下級體力回復藥與十根『帶路蠟燭』，還有三十餐份的保存食品。當然是貴的那種喔！畢竟吃過那種保存食品後，就沒辦法吃咬起來像草鞋鞋底的肉乾跟硬麵包了呢。」

「還真是買了不少呢，這是打算出遠門嗎？」

「是啊，我參加了大型冒險者集團主辦的遠征。」

她是因為與我相遇時的某個事件才變得獨來獨往，我也一直為此擔心。不過既然有了同伴，應該能稍微放心點了吧。

我一邊做出從櫃檯底下拿出商品的動作，一邊從儲倉拿出她指定的商品放到櫃檯上。

體積龐大的保存食品則交給倉鼠孩子們去倉庫拿。滿載我跟露露研究成果的保存食品，就算在這間雜貨店也是熱門商品。

「組人，保存食品。」

「組人，拿過來了。」

「組人，稱讚我。」

「大家都很了不起喔。」

我撫摸著搬完保存食品的倉鼠孩子們，他們便發出撒嬌的叫聲，很開心地揮著手跟短短的尾巴。

諾娜小姐也擺出一副很想摸倉鼠孩子們的表情看了過來。

因為他們會很高興，我認為別管那麼多直接摸就行了耶？

「一共是三貫銅幣跟十二枚——零頭就當優惠，給三貫銅幣就好。」

「哦，不好意思啊！」

諾娜小姐將三貫用繩子串著一百枚銅幣的貫錢放在櫃檯上。

這座都市禁止使用一般人交易時會用到的銀幣與金幣，所以用這種方法串在一起的銅幣相當重要呢。

在大筆交易跟存錢時會用到寶石，但對零售商來說用起來很不方便。

「要幫妳保養一下腰上的劍嗎？」

「磨劍這種事我自己有在做喔？」

諾娜小姐雖然嘴上這麼說，還是拔出了腰上的單手劍放上櫃檯。

她的確有在保養，但是多少有些隨便。**這裡是**悶熱潮濕的熱帶環境，如果不好好保養，劍很快就會鏽掉。

因此像她這種使用金屬劍的人**在這裡**屬於少數派，大多人都是使用由咒術師或死靈術士鍛造的骨製武具。

「暫時借用一下。」

我拿出最近鍊成的特製砥石，並迅速地磨了一下劍。

「這樣就變得鋒利一點了。」

見諾娜小姐露出半信半疑的樣子，我用劍砍斷自然落下的紙張做了個展示。

「哇喔，真厲害耶！蘿蘿還真是找到了厲害的伴侶呢。看來這間勇者屋成為**要塞都市阿卡緹雅**第一的雜貨店也只是時間的問題了！」

諾娜小姐興高采烈地將劍收回腰上的鞘中，面帶燦爛的笑容走出了店門。

在諾娜小姐離開後取而代之的，是一名少女抱著內容物多到能遮住整張臉的紙袋走進了店裡。

「蘿蘿，歡迎回來。」

「蘿蘿，沒受傷吧？」

「蘿蘿，稱讚我。」

倉鼠孩子們鑽過櫃檯的活動門，吵吵鬧鬧地朝少女跑去。

她正是這間雜貨店「勇者屋」的老闆蘿蘿。

「歡迎回來，蘿蘿。剛剛有客人來喔。」

「佐藤先生，我回來了。如果是說諾娜小姐，我剛剛遇到她了。」

我接下蘿蘿手上的紙袋，她那足以傾城的美貌頓時顯露。

只要說是跟露露不分軒輊的美貌，就能知道她的長相有多麼超凡脫俗了。

這也是理所當然。畢竟她的曾祖父是勇者渡——也就是與露露有著同樣的血緣。除了頭髮是金色的之外，她的外表跟露露簡直一模一樣。

與她相遇是距今一週之前的事。

由於與卡里恩神和烏里恩神一起旅行的傳聞傳到了我們正在享受假期的加爾雷恩同盟，為了繼續輕鬆度日，我們離開了西方諸國。

然後，我們選上的目的地，就是位於樹海迷宮中央的這座要塞都市阿卡緹雅。

要塞都市阿卡緹雅

「我是佐藤。古時候自然不必多說，就算是現代人，一旦離開了自己的故鄉，便多少會產生遭受偏見或歧視的感覺。雖然無論任何國家，只要聊過就會發現每個人都是好人呢。」

「看到了，那裡就是要塞都市阿卡緹雅。」

這座城市位於如同熱帶叢林般的樹海迷宮中心。

以都市來看，這裡的規模並不大，大小約是我來到異世界後最初前往的聖留市的五分之一。不過從位於迷宮正中央這點來看，這種規模或許堪稱獨樹一格。

「外觀看起來像一顆蛋呢。」

莉薩走在前面並表情凜然地說道。

她那彈力十足的尾巴上能夠窺見作為橙鱗族證明的橙色鱗片。

正如莉薩所說，要塞都市阿卡緹雅覆蓋著一層類似將蛋橫放的巨蛋形外牆。

由於今天無法使用馬車，大家都騎著我製作的走龍型魔巨人。

「跟波奇的蛋的人好像喲。」

有著茶色鮑勃頭短髮的犬耳犬尾幼女波奇這麼說道。

與莉薩並肩而行的波奇，舉起從托蛋帶中拿出的「白龍蛋」比較了起來。

「那裡裂開了～？」

這麼說著的是白色短髮的貓耳貓尾幼女小玉。

就跟她說的一樣，要塞都市外牆上方的末端部分形狀有些扭曲，看起來也像裂開了。一定是為了採光吧。

「波、波奇的蛋絕對、絕對、絕對不會裂開喲！絕對喲！」

波奇緊抱著蛋，拚命地如此主張。

或許是在西方諸國觀光時，前一顆羽龍蜥蜴蛋被摔碎那件事讓她有了心理陰影吧。

不過真正的「龍蛋」遠比一般鎧甲還要堅固，輕微的撞擊並不會裂開。

「荊棘。」

將淡綠色頭髮綁成雙馬尾的蜜雅有些疲憊地說道。

她的頭髮隨著走龍型魔巨人的腳步晃動，能夠隱約看見她那作為精靈特徵的微尖耳朵。

「是的蜜雅，都市四周布滿了荊棘的牆壁，我這麼告知道。」

金髮巨乳的美女娜娜面無表情地這麼說道。

「似乎是透過那些荊棘來讓小型及中型魔物無法靠近都市呢。」

轉生者幼女亞里沙做出這個判斷，她頭上戴著金色假髮，以遮蔽自己那遭到忌諱的紫色頭髮。儘管她直到剛剛都沒戴假髮，大概是為了防止發生衝突才戴上的吧。

「荊棘有驅魔效果，庫沃克王國的平民區也會編好荊棘裝飾在玄關。」

亞里沙的姊姊露露說出這個意外小知識，她是堪稱能代表傾城這個詞彙的超級美少女。她那豔麗的黑髮在林間灑落的陽光照耀下，如同天使的光圈般更增添了她的美麗。

明明她的美貌在地球足以成為世界級偶像，這個世界的審美觀卻認為她其貌不揚。美女的定義會依照地域與時代有所不同，但擁有此等美貌卻不受歡迎實在讓人覺得不可思議。

「主人，怎麼了嗎？」

「沒事，只是覺得露露今天也很可愛喔。」

我這麼說著將話題帶過，露露聽完滿臉通紅地低下頭去。

「主人，我呢！」

「稱讚我。」

「小玉也要～？」

「波奇也想稱讚喲！」

「主人，請說我『可愛』，我這麼要求道。」

除了莉薩之外的其他女孩同時有了反應。

儘管覺得好像經常在誇獎她們，多誇一點也不會有損失，我便依序將包含莉薩在內的所有人都誇了一遍。

當我們在做這種事的時候，視野突然一變，要塞都市的正門變得清晰可見。

雖然都市周圍的樹木都被砍光也有影響，但視野驟變的主因是來自樹海迷宮獨有的空間扭曲。這個樹海迷宮的空間扭曲理論跟「波爾艾南的森林結界」或「徬徨之海」有所不同，就算想要直直前進，方向或地點也會在不知不覺間產生改變。

這種空間扭曲一直延伸到空中，直達天際。

即使能用亞里沙的空間魔法加以抵銷，我在短暫期間內學到了要是這麼做，事情將會變得更加麻煩，於是決定老實地沿著道路穿越樹海迷宮。

順帶一提，這座迷宮的樹海與陸地上數一數二的大國希嘉王國的面積差不多，樹海迷宮只占了其中的一部分。

「——哦。」

此時地圖發生了改變。

接下來似乎是「要塞都市阿卡緹雅」的地圖。

我透過探索全地圖的魔法得到了情報。這座都市的人口大部分都是獸人，其次是蜥蜴人或鱷魚人之類的爬蟲類系亞人。妖精族則是矮精靈與守寶妖精占了大多數。完全不存在精靈或地精，矮人也只有寥寥數名。很罕見的，人族在這裡是只占總人口百分之一的少數民族。

「賢者的弟子應該不會來這邊吧？」

或許是因為在巴里恩神國被捲進賢者索利傑羅的陰謀，在西方諸國觀光時又被賢者弟子巴贊引發「抗拒之物」事件牽連的緣故，亞里沙這麼向我確認道。

我們與偶然同行的巴里恩神及烏里恩神合作讓事情平安落幕，要是沒有祂們的協助，事情或許會變得很嚴重也說不定。

「嗯，賽蕾娜是這麼說的。」

根據和越後屋商會的前怪盜皮朋一同參與解決後者事件的賢者弟子賽蕾娜的說法，賢者弟子們被派往的迷宮並不包含這裡。正確來說是因為原本預計前往這裡的賽蕾娜為了善後而東奔西走的緣故，這裡才沒人吧。

「這裡要是和平就好了呢。」

露露用清爽的笑容說道。

「在迷宮正中央算『和平』嗎，我這麼提問道。」

「嗯，剛毅。」

娜娜與蜜雅因為夥伴的膽識而露出笑容。

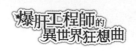

「啊……不對，我不是這個意思……」

露露焦急的樣子也很可愛。

我一邊欣賞夥伴們感情融洽的模樣，一邊對地圖情報進行最後的確認。

——呃。

發現幾個被魔族附身的獸人。

要是放著不管可能引起多餘的麻煩事，還是盡快解決掉吧。

幸好，不存在擁有獨特技能的魔王信奉者。

「荊棘的拱門。」

「嬌小的薔薇很可愛，我這麼告知道。」

蜜雅與娜娜注視著用荊棘牆壁做成的拱門說道。

因為騎著魔巨人，我們的頭部可能會碰到，於是我們下了走龍型魔巨人讓它變回泥土。

走近荊棘拱門時，ＡＲ顯示出「荊棘結界」的文字。根據詳細情報，這似乎是能讓帶著惡意的存在或魔物產生警戒及不適感的結界。

穿過了三座由荊棘牆壁製成的拱門之後，我們終於抵達要塞都市的正門。

「蠻著！」

擔任守衛的狼人大喊出聲。

＞獲得技能「阿卡緹雅語」。

「停蝦來！」

接著狼人身邊的熊人也開口喊著。

＞獲得技能「南西諸國共通語」。

「主人，他們都在說『停下來』喔。」

亞里沙用在精靈村落取得的翻譯戒指進行說明。

原來如此，聽起來確實有種「停下來」的語感。感覺跟「灰鼠人族語」或「豹頭族語」之類的獸人系族語相近。

因為一般很難做出這種發音，我將技能點數分配給新取得的技能讓其產生作用。

「沒看過的面孔呢，是第一次來阿卡緹雅？」

「是的，我們第一次來。」

「是穿著亮晶晶鎧甲的有錢人來這裡消遣嗎？這小鬼甚至連鎧甲都沒穿。」

熊人露出諷刺的表情開口揶揄。

「而且還是『沒毛的』。」

狼人也一副瞧不起人的模樣說道。

他們口中的「沒毛的」似乎是對獸人以外種族的蔑稱。

亞里沙與莉薩對此起了反應，但我用手勢制止她們。

「出示你的冒險者證，沒毛的。」

「因為尚未進行登錄，用希嘉王國的身分證可以嗎？」

「——嗯，無所謂。」

見我對蔑稱毫無反應，他們好像覺得很無趣。

順帶一提，要塞都市阿卡緹雅將攻略樹海迷宮的人稱之為冒險者，而不是攻略者或探索者。原因為他們是前往未知樹海冒險的人——從加爾洛克買來的書上這麼寫道。

「嘖，不只沒毛還是個貴族啊。」

「你們可以通過了，別在阿卡緹雅裡惹事生非啊。就算是貴族，也不代表每個人都會給你面子，給我好好記住。」

「而且要是在市內亂來，會被大魔女大人的魔法給刺成肉串喔。」

將身分證出示給守衛看後，他們便心不甘情不願地允許我們通過了。

看來這裡不光是人族，連貴族階級也被人討厭。

◆

「正中間有芯，我這麼告知道。」

「吃剩下～？」

「波奇連蘋果的芯也能全部吃光喲！」

娜娜她們指的應該是聳立在要塞都市阿卡緹雅中央的高塔吧。

塔頂的高度與造型類似蛋殼裂開的外牆不相上下。AR顯示那裡叫做「大魔女阿卡緹雅之塔」，看來這座要塞都市的名稱是來自身為統治者的大魔女。

「我說，主人，你發現了嗎？」

「是指四周的視線嗎？」

亞里沙點頭回答我的提問。

自從穿過大門之後，獸人系的行人就一直毫不客氣地用帶有惡意的視線盯著我們看。

「大家把外套的兜帽戴起來吧。」

即便這件外套的透氣性很好，但為了保險起見，我還是用原創魔法「空調」讓大家的身體四周保持舒適的溫度。

「要立刻去登記為冒險者嗎？」

「還是先找旅館吧。之後再一邊觀光，一邊前往冒險者公會。」

雖然亞里沙露出燦爛的眼神這麼說著，首先還是得決定目前的據點才行。

「——要是讓沒毛的住進來，會有損我們旅館的品味。沒毛的就該有沒毛的樣子，去都市外圍找簡易木屋旅館住吧。」

我們沿著中央道路前進，在接近高塔的市中心找到了感覺不錯的高級旅館，本來打算立刻入住，卻被極其冷淡地打了回票。這讓我回想起自己學生時代在歧視黃種人的國家廉價旅行時訂不到旅館的事。

「主人，其他地方也有旅館。」

莉薩這麼鼓勵我。

儘管不打算變得消沉，想起過去的回憶仍使我有些傷感。莉薩她們在希嘉王國的聖留市被人拒之門外時或許也是這種心情吧。

「說得也是呢，莉薩。」

不過簡易木屋旅館都是大通舖，考慮到夥伴們的狀況，我實在不想這麼做。

看來只能購買土地蓋房子，或是在迷宮裡建造住所了。

「改變計畫，先去登記成為冒險者吧。」

「贊成！」

亞里沙立刻表示同意，其他孩子們也相繼開口附和。

根據地圖搜索的情報，我發現在三扇大門的附近各有一間冒險者公會。於是便決定前往其中規模最大的公會總部。為了預防引起糾紛，我們事先在身上施加獸人的幻影。

◆

「主人，發現骨兵。我這麼報告道。」

我順著娜娜所說的看了看四周，接著在路旁的工地裡發現了一群骨兵。

「骨頭的人沒有肉，普普通通喲。」

「小玉去打倒～？」

「沒問題喲，波奇也能戰鬥。波奇是個不挑食的好孩子喲！」

「慢著，妳們兩個。周圍的人看起來一點都不怕那些骨兵耶。」

正如莉薩所說，那群骨兵好像正在工地裡幹活。

這光景十分罕見，從周圍人們的反應來看，感覺這種事在這裡並不稀奇。

「稍微靠近一點看吧。」

因為有點感興趣，我們朝工地那裡走過去。

骨兵們主要負責需要體力和會弄髒自己的工作。

「那個像工地監督的人好像是死靈術士，骨兵是他在控制的。」

亞里沙環顧工地這麼說道。

「真是不可思議的光景呢，獸人勞工跟骨兵竟然在合力工作。」

「嗯，和諧。」

露露與蜜雅似乎佩服地小聲說著，一旁的小玉和波奇也一副理解的表情用力點頭。

「你們是外地人嗎？」

或許是身上披著獸人幻影的緣故，路上的行人親切地向我們搭話。

「是的，今天剛到這裡。」

「這樣啊。你們大概很吃驚吧，但這在阿卡緹雅很常見喔。」

「是這樣嗎？」

「嗯，因為大魔女大人與古代的死靈術士締結了契約。以提供他們安息之地作為條件，藉此要求他們替要塞都市工作。」

所以要塞都市的骨兵才不會襲擊人，這位行人這麼對我們說明。

「——這個混蛋！」

突如其來的怒吼聲響起，讓小玉跟波奇嚇到耳朵和尾巴猛然立起，毛也豎了起來。

往怒吼聲傳來的方向一看，發現一名年輕的死靈術士正被另一名老練的死靈術士訓斥。

「夏希！要求不能太過強硬！要更加體恤骨兵！」

「可、可是學長，這些傢伙又不會感到疼痛——」

「少囉嗦！你對死者沒有敬意嗎！這可是我們跟家屬借來的重要遺骨耶！」

「我們不是已經付過錢了嗎？」

「你至少該知道這不是付不付錢的問題！要是你母親的亡骸被人當垃圾對待，你會怎麼想？見到這一幕的人又會有什麼看法？別以為有人會想把自己重要之人的遺骨託付給做出這種事的人啦！」

原來這些骨兵的素材不是魔物的屍體，而是由居民提供啊。

與希嘉王國不同，這裡的死靈術士似乎與人們的生活息息相關。

「喵！喵喵！」

小玉拉住了我的衣袖。

順著她的視線看去，見到一名打扮像死靈術士的老蛙人正在跟一名身穿破爛衣服，外表像冒險者的鼠人接觸。

——哎呀。

那位冒險者是剛剛我發現被魔族附身的傢伙。因為注意力被死靈術士和骨兵們吸引，導致我沒發現不知何時闖進雷達範圍的紅色光點。

我低聲對小玉說了句「我離開一下」接著朝魔族的方向走去。

但有個人在我介入前先一步闖進來，一刀將附身的魔族連同冒險者砍成兩半。

人們紛紛發出尖叫，視線都聚集在那位殺人凶手——有著灰色頭髮的狼人青年身上。

不過當事人將人們的尖叫和視線當成耳邊風，一副毫不在意的模樣。

AR顯示告訴了我他的真實身分。

——真的假的。

我因為見到意料之外的存在而大吃一驚。他的種族是在奇幻作品之中也經常被譽為能和龍匹敵的——

「費恩先生！」

此時一名年紀約二十歲後半的紅髮女性魔法使出現並跳過我的上方，她是個戴著大型寬沿帽，樣貌樸素的女性。

掀起的裙襬及健康的美腿，使我不禁停止思考。

「是緹雅嗎？」

「才不是什麼『是緹雅嗎』呢！真是的，又弄得滿身是血！各位——這個人只是解決了通緝犯而已，並不是凶惡的殺人犯，請大家放心。」

被稱作緹雅的女魔法使，在風魔法的幫助下向不安的群眾說道。

「原來是緹雅小姐認識的人啊，嚇了我一跳呢。」

「就是說啊。不過既然緹雅小姐這麼說，便可以放心了。」

周遭的人們聽見緹雅的話語，一邊這麼說著，一邊三三兩兩地離開了現場。

雖然不及剛才費恩的真實身分，但這位名為緹雅的魔法使身分也很令人吃驚。

「突然殺過來真是粗魯噗——」

「不好了噗——快逃啊噗——」

如同樹皮的表面上長著兩個嘴唇與手腳的異形，像從被費恩砍成兩半的冒險者斷面處滲出似的冒了出來。魔族的出現讓周圍的人們開始四處逃竄。

「真是的！費恩先生，這不是還沒搞定嗎！」

緹雅用類似詠唱縮短的方式迅速施展的土魔法「綠柱石筍」消滅了樹皮唇魔族。

即使對手只是等級三十的下級魔族，但她的招數真是華麗。

幾名打扮得像魔法使的人隨後趕到，開始與死靈術士及骨兵們一起處理屍體。

——不見了。

那名跟被殺害的冒險者在一起的死靈術士已經消失了。

雖然試著用地圖找了一下，但這個都市到處都是死靈術士，因此沒能找到。

「主人，發生了什麼事嗎？」

「那位像狼人的人跟魔女小姐，打倒了被魔族附身的人與出現的魔族喔。」

亞里沙她們從後方走過來，於是我將情況告訴她們。

「狼人？在哪裡？」

我回頭一看，才發現費恩與緹雅也已不見蹤影。

用地圖確認之後，他們好像是前去追逐其他被魔族附身的人了，地圖上的紅點正一個接一個地消失。

儘管做法有些粗暴，但他們似乎是與要塞都市的高層一同行動，就當作替我攬起了麻煩事吧。老實說，因為對他們有點興趣，要是有機會真想跟他們一起喝杯酒啊。

◆

「居然禁止通行，運氣真差耶。」

亞里沙抬頭看著往內扭曲的外牆嘆了口氣。

不知道究竟是費恩四處解決魔族的影響，還是附身的魔族大鬧的緣故，通往冒險者公會的道路目前禁止通行，因此我們被迫沿著外牆繞遠路。

「喵？」

「貓咪的幻影解除了喲。」

穿過設置在路上的荊棘拱門之後，原本覆蓋在身上的獸人幻影解除了。

看來這似乎是大魔女設置用來排除可疑人士的魔法裝置。

「要再用一次嗎？」

「不，感覺還是會被解除，別那麼做吧。」

畢竟要是不斷觸發機關，可能會讓大魔女起疑心。

於是我們僅壓低兜帽當作偽裝走在路上。

「呣。」

牆邊有許多破房子跟小屋並排在一起，裡面聚集了許多身穿破舊衣服的人，或是療養中的冒險者，以及一大早就在賣春的男女。

也許是這個都市來者不拒的緣故，其中也包含了不少從鄰近諸國逃過來的難民以及地痞流氓。

「這附近的治安感覺很不好呢。波奇、小玉，仔細警戒四周。」

「系系系～」

「收到喲。」

獸娘們幹勁十足地牽制著那些用凶惡表情看著我們的獸人。

外牆附近的治安不太好，還是改走更靠內側一點的路吧。由於會穿過複雜的街道稍微繞點遠路，但還是選擇治安跟紀律正常的路線對孩子們的教育比較好。

「抱歉！咱要掌握未來！」

從外壁附近的店裡衝出來一個馬人。

幸好那是距離我們前方數公尺的建築物，才沒跟我們撞在一塊。

「賽柯先生！請你等一下！」

一名金髮少女追上馬人大喊。

「至少等到交完這次的貨——」

「請妳原諒咱吧，店長——！」

但是馬人甩開那名似乎是店長的少女的手，用如同純種賽馬的速度跑離了現場。

少女店長失落地跪倒在地。

「蘿蘿，不要緊吧？」

「蘿蘿，打起精神來。」

「蘿蘿，哪裡會痛嗎？」

一群外表像倉鼠，身高大約只有常人膝蓋的蹴鞠鼠人小孩跌跌撞撞地跑到了少女店長的身邊。

「幼、幼生體。」

娜娜搖搖晃晃地接近倉鼠小孩們。

「慢著。」

「不，蜜雅，必須加以保護，我這麼訴說道。」

雖然蜜雅拉住了娜娜的衣服，卻直接被拖了過去。

看來對娜娜來說，那群倉鼠孩子就是這麼有魅力吧。

「蘿蘿，有人來了。」

「蘿蘿，保護我。」

「蘿蘿，救命啊。」

「大家怎麼了？」

倉鼠孩子們戒備著氣勢洶洶地逐漸逼近的娜娜，被稱為蘿蘿的少女店長此時回過頭來。

——哦哦。

她那被淚水沾濕的雙眼勾起了我的保護慾。

眼前是一張堪稱傾國的美貌。

「騙人。」

「驚愕。」

亞里沙與蜜雅驚訝地叫出聲來。

獸娘們甚至忘了驚訝，只是一味地注視著少女。

「蘿蘿，那邊也有一個？」

「蘿蘿，有兩個？」

「蘿蘿，為什麼？」

「問我為什麼——妳是誰？」

倉鼠孩子們跟蘿蘿看著的人，是美貌足以讓星辰都為之傾倒的黑髮美少女露露。

「我、我叫做露露，妳好。」

「初、初次見面……我是『勇者屋』的店長蘿蘿。」

露露跟蘿蘿注視著彼此並做起自我介紹。

「真是令人吃驚呢，主人。」

「是啊，沒想到——」

我與亞里沙同時看著露露跟蘿蘿。

「——沒想到竟然有人跟露露長得一模一樣。」

沒錯，除了頭髮是金色的以外，蘿蘿有著與露露完全不分軒輊的美貌。

「初次見面，蘿蘿小姐。我是露露的同伴，名叫佐藤。您看起來似乎有些困擾，如果不嫌棄，可以讓我幫忙嗎？」

與露露有著相同長相的女孩子有困難，我可不能視而不見。

「不、不必了，不可以給剛認識的人添麻煩。」

「或許有些多管閒事，您正因為交貨前技術人員逃走了而感到困擾吧？主人的本事可是貨真價實的喔？妳不是正缺鍊金術師或魔法道具師嗎？」

「您、您會使用鍊金術嗎？」

起初蘿蘿還打算拒絕，但在聽完亞里沙的話之後態度有了改變。

「是的，水準跟普通技師差不多。」

聽我這麼說，亞里沙擺出一副欲言又止的表情小聲說道：「普通人應該做不出傳說中的金屬吧～」蜜雅對此也點了點頭。

「那麼就拜託您了！交貨期限快到了！材料已經準備完成，雖然給不了多少酬勞，只要是我辦得到的，我什麼事都願意做！」

蘿蘿抓著我的手臂請求。

「女孩子可不能說『什麼事都願意做』這種話喔。」

畢竟亞里沙跟蜜雅會吃醋嘛。

「……好、好的。」

我催促著臉頰泛紅的蘿蘿，走進了「勇者屋」的店裡。

委託是兩百根「帶路蠟燭」和五十瓶下級體力回復藥。縱使不知道前者的調配方式，只要有前任員工馬人留下的筆記，便可以鍊成。後者的魔法藥雖然用的也是沒見過的素材，跟蠟燭一樣留有筆記。

「是很緊急的委託嗎？」

「是的，是距今大約一週之前的委託。」

位於廚房旁邊的狹窄工作台上，完全見不到任何工作的痕跡。

「因為這是第一位客戶，所以我才拜託賽柯先生優先製作好趕上交貨期限……」

腦中莫名閃過不好的想法，但感覺只是在胡思亂想，我便將這件事拋到腦後。

「沒問題，不需要一個禮拜。蜜雅、亞里沙，能來幫忙嗎？」

「嗯，交給我。」

「了解——！」

「小玉也要幫忙～？」

「波奇也可以努力幫忙喲！」

當我拜託蜜雅與亞里沙支援之後，其他孩子們也主動說要伸出援手。

「主人，請讓我也來幫忙。」

「當然，我也會努力的！」

「謝謝妳們，大家一起加油吧。」

露露跟蘿蘿兩人宛如姊妹般異口同聲地說道。

「蘿蘿，幫幫我。」

「蘿蘿，逃不掉了。」

「蘿蘿，軟綿綿的。」

「幼生體，不可以亂動。我這麼告知道。」

我因為倉鼠孩子們緊張的聲音而回頭一看，發現娜娜正一臉滿足地緊緊抱著那三個倉鼠孩子們。

她還是老樣子我行我素呢。

「那麼，開始作業吧。」

於是我們拯救了陷入危機的蘿蘿，並直接寄宿在勇者屋。

樹海迷宮

「我是佐藤。大學時期曾經參加過整理山林的打工，完全沒想到在沒有道路的山裡開路行走會那麼辛苦，與修整好的山路完全不同呢。」

「哼～哼哼哼～」

亞里沙滿臉笑意蹦蹦跳跳地走在路上。

在勇者屋交貨結束後的第三天，我與夥伴們一同出門攻略樹海迷宮。

「心情很好。」

「是的，蜜雅。亞里沙對自己能從『銀虎級』冒險者開始感到高興，我這麼推測道。」

正在交談的蜜雅跟娜娜的胸口也掛著老虎造型的銀色冒險者證。

冒險者證從野鼠級開始，依序分為餓狼級、銀虎級與金獅子級等數個等級。由於我們持有迷宮都市賽利維拉的祕銀證，所以從第二級的銀虎級起步。

「才不只這樣呢。在冒險者公會登記的時候不是連續發生了老套的事件嗎？像是遇到說著『這裡不是小孩子該來的地方喔』過來找麻煩的小混混，或是拿出祕銀證讓櫃檯小姐大吃一驚，以及拿出在抵達阿卡緹雅前狩獵的大量魔物素材而被帶到其他房間，讓公會會長另眼相待之類的。有種『這才是冒險者！』的感覺對吧？」

亞里沙興高采烈地跳起舞。

其中大約一半左右的事都在迷宮都市賽利維拉發生過了。不過對亞里沙而言，這種事無論遇到幾次似乎都很開心。

「叢林的地形起伏比預料中更大呢。」

「是啊。亞馬遜之類的叢林給人一種大多是平地的印象，但這裡每隔幾公尺地形就會產生變化，讓人很難行走。」

雖然賽利維拉的迷宮也是崎嶇不平，但這裡則是有樹根隆起、藤蔓下垂，或是有雜草遮住腳邊。

「喵！右邊三個，肉。左邊一個，草。中央五個，蟲。蟲在戰鬥中～？」

走在前面戒備四周的小玉發出有魔物接近的警告。

她說的「肉」是指哺乳類或爬蟲類魔物。「蟲」是字面上的蟲類魔物。「草」則是植物系魔物的簡稱。另外，不同種類的魔物並不會像遊戲一樣互相配合。小玉提出的是往各個方向會遇到的魔物種類。

「看來是從右邊開始呢。」

「是喲。肉越多越好喲。」

莉薩與波奇相視點了點頭。

「可以嗎？」

「交給妳們了。」

即使這附近算是樹海迷宮的深處，由於要塞都市阿卡緹雅附近的瘴氣濃度較低，所以不會遇到什麼強力魔物。

莉薩跟波奇走了大約十公尺之後突然消失了蹤影。

這就是樹海迷宮的空間扭曲。我透過地圖與雷達掌握著兩人的位置，也記得她們的移動路線所以無所謂。而且這裡的空間扭曲在某方面來說十分穩定，只要沿著同樣方向前進就能會合。

要是有個萬一，我還有冒險以「單位配置」將夥伴們拉回身邊的方法。

「草，我來。」

「希望能擔任蜜雅的護衛，我這麼告知道。」

——呼。

不光是蜜雅跟娜娜，蜜雅操縱的風之擬似精靈希爾芙也幹勁十足。

「那麼，我和露露一起去確認中央的戰鬥，要是覺得情況不妙就會介入，可以吧？」

「嗯，交給亞里沙了。」

夥伴們分別朝不同方向前進並消失了蹤影。

我和小玉一起等了一會之後，莉薩跟得意洋洋地說著「這是獵物喲！」的波奇扛著外型類似野豬的魔物屍體回到這裡。

不久之後娜娜跟蜜雅也拖著看似花椰菜的魔物屍體走了回來。

今天的午餐就做燉煮花椰菜跟野豬肋排吧？

我將魔物的屍體收進用來搬運獵物的「魔法背包」，與大家一起朝亞里沙跟露露消失蹤影的前方移動。

穿過空間扭曲之後，我們來到了一個看似廣場的地方。

「達茲被幹掉了！再這樣下去會被打垮的！讓波茲赫斯跟多索過來幫忙！」

「我們這裡也很勉強！再稍微撐一下！這樣一來就能讓巴格跟多索過去！」

男人們的怒吼聲傳了過來。

如果隔著空間扭曲是聽不見聲音的。

因為亞里沙與露露也在場，我們便朝她們走過去。

在如同盆地般凹陷的廣場上，五隻尺寸跟小卡車差不多的巨大螞蟻正在和三十人左右的冒險者交戰。

「動作挺不錯呢。」

「特技表演～？」

「正在鏘鏘啪嚓啪嚓喲。」

獸娘們正在觀察獸人戰士們跟巨大螞蟻間的死鬥。雖然巨大螞蟻的動作緩慢，但既堅硬又耐打。

冒險者中約有五人正在遠處接受治療，另外有兩名魔法使正在用風魔法與冰魔法支援著戰士們。依照觀察，除了後衛和搬運工之外的所有人都受了傷。

「看來陷入苦戰呢。」

「那些螞蟻會用灑水般的方式吐出酸液喔。」

「想要提供支援，但是被他們拒絕了。」

亞里沙說出苦戰的理由，露露則講出沒去支援的原因。

「Danger～Danger～？」

「又有敵人出現了喲！」

三隻蜈蚣系的魔物從盆地對面的叢林突然冒了出來。

這個迷宮的敵人會從空間扭曲的對面突然出現，因此不能大意。

「唔。」

「噁心的傢伙出現了呢。」

「因為蟲的人不好吃，波奇不太喜歡喲。」

「蜈蚣的甲殼很有用喔。」

我摸了摸波奇耳朵下垂的頭。

「Yes～殼燒蛙肉很好吃～？」

「是啊，沒錯。讓人想起聖留市的迷宮。」

這麼說來，當時好像因為平底鍋破洞，所以用耐高溫的蜈蚣甲殼代替鐵板烤過蛙肉呢。

「主人，部分冒險者逃走導致戰線崩潰了，我這麼告知道。」

「嗯，這下可不妙了。」

以部分人員陸續逃走為契機，戰線的平衡瞬間崩潰，情況變得一發不可收拾。

「露露跟亞里沙去打倒對面的蜈蚣。蜜雅讓希爾芙分裂牽制螞蟻，不必進行攻擊。」

接到我的指示，三人點頭展開行動。

「我們是銀虎級冒險者『潘德拉剛』！接下來將展開救援！若有意見之後再說！」

總覺得要是正常地問：「需要幫忙嗎？」對方可能會逞強拒絕，所以我有些強硬地做出宣言。

「莉薩妳們各自去解決一隻螞蟻。」

確認前衛們衝出去之後，我朝剩下的一隻螞蟻射出三支「追蹤箭」解決了牠。

「蜜雅，跟我一起去治療重傷人員吧。」

「嗯，交給我。」

我抱起蜜雅跳進盆地。

當我們抵達重傷人員的身邊時，魔物已經被夥伴全部打倒。原本四處逃竄的冒險者也露出搞不清楚狀況的模樣站在原地。

「我們來幫忙治療重傷的人。」

「嗯嗯，幫大忙——」

「少給我多管閒事！」

一名中年男性獅子人打斷了原本打算道謝的猩猩人壯漢。

「你們忘了我說過不用支援嗎！區區『沒毛的』竟敢擅作主張！我可不會支付支援的費用喔！不如說還想收取礙事的賠償費呢！」

獅子人開口大罵。

畢竟雖然情況緊急，的確是我們硬要插手。不過就算講過有意見之後再說，面對如此明顯的敵意，還真讓人有些掃興。

「聽好了，你們這些『沒毛的』混蛋！現在立刻給我滾——」

「你這混帳東西！」

猩猩人舉起巨大的拳頭，朝依舊罵個不停的獅子人腦袋敲下去。

伴隨「砰」的一聲巨響，獅子人的頭陷進地面。

由於獸人很結實，就算挨了一般人會失去意識的攻擊也依然沒有昏過去。

「做什麼啊！你這猩猩混蛋！」

「少囉嗦！這個大白癡！你不配當隊長！搞不清楚對手實力還隨便找人麻煩！」

獅子人才剛起身，立刻跟猩猩人空手互毆了起來。

或許是因為雙方都沒有手下留情導致血沫紛飛，看起來十分暴力。

這場架似乎是猩猩人占上風，最後是由臉腫一塊的獅子人被擊倒，呈現大字型倒在地上而告一段落。

「抱歉啊，這位兄弟。這傢伙討厭沒毛——人族到了病態的程度，看在我痛扁他一頓的分上，請原諒他剛剛的無禮發言。」

不，我可沒有希望你做到這種程度。

「慘了，達茲沒有呼吸了。」

「不行，我的魔法沒有效果！魔法藥！誰有中級魔法藥嗎？」

在打架現場對面不斷治療傷患的鼠人女水魔法師如此大喊。

「我要治療囉？」

「能治好嗎？那就拜託你了！代價的話——」

「之後再說——拜託妳了，蜜雅。」

「嗯。『治療：水』。」

我打斷準備談價錢的猩猩人並向蜜雅下達指示，她隨即對那個叫做達茲的人發動詠唱完成卻保留著的水魔法。

「成功了！達茲恢復呼吸了！達茲，認得我嗎？你又活過來了喔！」

「真厲害……跟我的魔法天差地別……」

「完美。」

蜜雅轉過身來表情自豪地做了個勝利手勢，我則是笑著朝她豎起大拇指。

「請容我再次道謝，我是銀虎級的哥赫。」

「初次見面，我是銀虎級冒險者小隊『潘德拉剛』的佐藤。」

我跟猩猩人互相握手打起招呼。

「那麼關於救援和治療的代價……如果能接受十五貫左右的價格，我會很感激的……」

道完謝之後，猩猩人面有難色地開口。

「十五貫？」

「我明白這樣很少，但我們隊上的人大多都是餓狼級，也有很多野鼠級的搬運工。假如想要更多的錢，希望能給我一個月左右的——」

看來他是在跟我商量提供支援的禮金。

這是蘿蘿告訴我的，在要塞都市阿卡緹雅內購物時只能使用銅幣。在高額交易時會使用寶石，或是使用由中間開洞的銅幣串在一起的貫錢。

他口中說的「十五貫」，大概是「十五貫串在一起的銅幣」吧。

「不，我對金額沒有不滿。只是因為不打算收錢，所以才不懂你的意思而已。」

「但是總不能完全不給謝禮——」

「那麼等到在阿卡緹雅見面時，再請我們吃點東西吧。」

「我明白了。無論是烤樹海全豬還是七面蛇切片，想吃什麼都沒問題。」

聽猩猩人這麼承諾，小玉跟波奇說著：「肉！」並稍稍跳了起來。

「哥赫！蜜雅大人的魔法超厲害呢！」

水魔法使拉著猩猩人的手臂，滔滔不絕地說起蜜雅究竟有多厲害。

而蜜雅在治好重傷人員之後，似乎還用範圍回復魔法一口氣治療其他受傷的人。

「不愧是精靈大人啊，難怪故鄉的妖精族魔法使們會這麼信奉他們呢。」

「精靈？」

「要加上大人啦！加上大人！在我的故鄉啊，就連那些老是擺架子的領主跟祭司大人都會向她們低頭呢！」

「知道啦知道啦。」

見到水魔法使氣勢洶洶的模樣，猩猩人顯得有些畏縮。

這麼說來，精靈就算在巨人村落也會被人另眼相待呢。

「話說回來，這還是第一次有布拉伊南的精靈大人來到阿卡緹雅吧？」

「不對。」

「是這樣嗎？只是我從來沒見過——」

「不對，波爾艾南。」

我代替蜜雅向一臉困惑的猩猩人解釋道：「蜜雅不屬於布拉伊南氏族，而是波爾艾南的精靈。」

「葛赫！不好了！因為貨物被踩扁，備用的『帶路蠟燭』也全部碎掉了。跟大家確認過後，只剩兩根了。」

狸貓人青年露出焦急的表情這麼向猩猩人報告。

「兩根嗎……我們這麼大陣仗，想回到阿卡緹雅都很勉強呢……」

這麼說來，我的儲倉裡好像有十幾根勇者屋賣剩的蠟燭。

依照蘿蘿的說法，為了不在樹海迷宮迷路，這是冒險者必備的道具。不過我能透過地圖與雷達來確認目前位置和空間扭曲的路線，所以不需要使用蠟燭。

「如果不嫌棄的話請用。」

「真的可以嗎？雖然對我們而言求之不得，但你們接下來不是打算前往迷宮深處嗎？」

「別在意，送你們幾根蠟燭不成問題喔。」

我將五根「帶路蠟燭」送給開口道謝的猩猩人，並向他們道別。

「這裡的獸人也並非全部討厭人族呢。」

「是的，亞里沙。協調才是最好的生存方式，我這麼主張道。」

「嗯，同意。」

硬要說的話，他們是對我們所擁有的實力抱持敬意，但還是別點破吧。畢竟不管是什麼理由，能增加對我們有好感或是維持中立態度的人是件好事。

「主人，剛剛那些人說的『帶路蠟燭』，是你在蘿蘿小姐店裡製作的蠟燭對吧？」

「沒錯。若有興趣，要不要用一次試試看？」

在勇者屋試用時，除了火焰是綠色的之外，跟普通的蠟燭沒兩樣。

「有興趣～」

「波奇也有興趣喲！好奇心不會殺死狗所以沒問題喲！」

「會殺死貓嗎～？」

「不、不會喲！貓也不會被殺死喲！會被殺死的只有雉雞跟狐狸的人喲！會變成火鍋的材料喲！」

我在笑著聆聽波奇那混雜了各種故事跟諺語的發言時，幫放在燭台上的「帶路蠟燭」點了火。

「好像沒什麼變化喲？」

「沒那回事～？能感覺到魔力的波動～？」

「嗯，沙沙聲。」

聽她們這麼一說，的確能感覺得出來。

「借我一下。」

我將燭台遞給伸出手來的亞里沙，她拿著蠟燭走到空間扭曲的交界處。

「快看快看。」

——哦哦。

被綠色火焰照亮的地方能清楚地看見空間扭曲的界線。

而且只要讓火靠近，就能隱約看見空間扭曲對面的狀況。

「好厲害喲！」

「Wonderful～」

「原來如此，難怪會說是冒險者必須的道具。」

獸娘們不停地點著頭。

「讓擔任斥候的小玉帶著應該比較好吧。」

「沒問題～沒有蠟燭也能用氣息分辨～」

聽亞里沙這麼說，小玉搖了搖頭。真不愧是忍者小玉。

「不行，要是出現連妳都無法察覺、擅長隱密的魔物怎麼辦？」

「喵～」

被莉薩責備的小玉垂下耳朵。

「之後會幫妳做個攜帶式的燭台，妳就乖乖用吧。」

「系。」

在那之後，用波奇跟小玉的雕像在左右支撐玻璃管的造型燭台變成小玉的新寶物。之後為了感到羨慕的波奇和其他孩子，我又製作了各式各樣版本的燭台。

◆

「肉～？」

「是牛先生喲。」

「既然拿著斧頭，不是普通的牛呢。」

獸娘們的視線前方，是一隻腳下倒著三名渾身是血的冒險者，手中舉著雙手斧發出咆哮的牛系魔物。

「那些冒險者好像不行了。」

「確認死亡。」

從第一次救援行動開始，我們已無數次幫助類似的冒險者隊伍，但這次似乎沒能趕上。

「主人，要開始戰鬥嗎？我這麼詢問道。」

「說得也是，來場為他們送葬的戰鬥吧。」

「對手是陶洛斯，等級二十五！除了斧術之外好像還擁有能瞬間強化力氣的技能，要小心喔！」

在我決定開始戰鬥後，亞里沙將透過「能力鑑定」得到的情報告訴了夥伴們。

陶洛斯的身高看起來只比莉薩高一點，但因為姿勢前傾，實際上大概有兩公尺左右，應該也有著與外表相符的體重。

「這是初次交手的敵人。不要立刻結束戰鬥，要確認牠的戰鬥方式。」

「系系系～」

「收到喲！波奇是手下留情的專家喲！」

前衛陣容展開了戰鬥。

我跟後衛成員則是為了預防突發狀況待命中。

「那個是牛頭人嗎？」

「即使看起來不像會用四肢行走，但牠不僅姿勢前傾到雙手都要碰到地面了，而且上半身也不是人型，應該不是吧？」

「倒三角形？」

「的確，上半身滿壯碩的呢。」

或許是前衛陣容已經在我們觀戰的期間記住了陶洛斯的行動模式，莉薩將牠手中的斧頭打飛，誘使牠採取其他行動。

「衝撞。」

「看來沒有武器時，牠會四肢著地使用角呢。」

「這樣好像比較強吧？」

像這類身體衝撞或是揚起角的攻擊方式雖然破綻很大，但也很有威力。

「——啊，解決掉了。」

「波奇太不小心了呢。」

被居合劃過脖子的陶洛斯「咚」的一聲倒了下去。

「以等級二十五的魔物來說挺強呢。」

「好像很好吃～？」

「因為是牛的人，所以絕對絕對非常好吃喲！波奇知道喲！」

「看起來沒有毒，中午來試吃看看吧。」

既然是牛，切成薄片做成燒肉就行了吧？

我簡單將其解體，把幾個部位切割開來。

即便內臟有毒，根據勇者屋的鍊金筆記，陶洛斯的內臟很有用處，因此我並未丟棄。

「主人，冒險者的遺體怎麼辦？我這麼詢問道。」

娜娜收拾好遺體之後這麼詢問。

「拿下他們的冒險者證帶走吧。」

「是的，主人。會一併回收能當作遺物的東西，我這麼宣言道。」

「要把遺體埋起來嗎？」

「是啊，我會準備好墓地。」

我將遺體放進土魔法「陷阱」製作的大洞裡排好，最後再填好土放上墓碑。

墓碑上刻著寫在冒險者證上的名字。

「喵！」

在小玉的耳朵豎起的瞬間，身材嬌小的六人冒險者小隊走了過來。

「是『沒毛的』嗎？都是些生面孔呢。」

看似隊長的鼠人環顧著我們這麼說道。

「這附近離『城堡』很遠，**但最近不知為何**開始有陶洛斯出沒。習慣之前最好在離阿卡緹雅近一點的地方戰鬥，無論如何都不要招惹三隻以上群體行動的陶洛斯，會沒命喔。」

原以為對方會來找麻煩，但他只是給個建議就離開了。

我雖然道了謝，對方並沒有任何回應。

「『城堡』是指什麼？」

「應該是我們接下來打算前往的有強力魔物徘徊的區域吧？」

畢竟也沒有其他類似的地方了。

我們的目的地，是其他地圖的空白地帶周圍，有著許多等級二十後半到四十級魔物的地方。我覺得那裡最適合讓夥伴們提升等級，不過那裡對當地的冒險者而言似乎也很有名。

我們一邊撥開熱帶叢林前進，一邊收拾從樹叢中出現的魔物。

比起魔物，害蟲更讓人束手無策。要是沒有生活魔法「驅除害蟲」，我們或許早就撤退了也說不定。

「聞聞，好香的味道喲。」

「可以吃嗎～？」

波奇將找到的樹果拿給我看。

「這好像叫做麵包椰子。」

「燒烤，美味。」

蜜雅將吃法告訴我們。

一定是波爾艾南之森也有一樣的樹果吧。

「味道怎麼樣喲？」

「麵包。」

「麵包變成了樹喲？」

「不可置信～？」

雖然形狀跟我知道的「麵包果實」不太一樣，但肯定是類似的東西吧。

「蜜雅，精靈村落也有這個嗎？我這麼提問道。」

「嗯，有。」

感覺面積廣大的波爾艾南之森就算有也不稀奇呢。

我們走在宛如熱帶叢林的崎嶇道路上，一面尋找稀奇的事物，一面解決突然冒出來的魔物，最後抵達了一個開闊的空間。

這是個像湖畔的地方，有幾支小隊正在跟魔物交戰。

「海～？」

「這不是海喲，沒有鹽巴的味道喲！」

「是湖泊呢。」

從地圖上來看，大小和琵琶湖差不多吧？

「喂，那邊的人！假如可以，幫我們解決幾隻吧！這些野鼠級的菜鳥把整群魔物都引過來了！」

其中大多都是比起犀牛更像三角龍的古代陸獸類魔物。

此外還有巨大的蜻蜓魔物，以及受到冒險者與古代陸獸之間的戰鬥吸引而聚集過來，從湖邊上岸的鰓人族——長得像醜化版半魚人的達米鯊魚人。

「蜜雅讓小希爾芙們牽制蜻蜓把牠們拉到空中，露露跟亞里沙等蜻蜓飛起來之後再進行狙擊，莉薩妳們則是逐一把古代陸獸引出來解決。」

「嗯，去吧。」

——呼。

蜜雅的小希爾芙們發出呼呼的風聲衝向蜻蜓。

「主人，要解決幾隻肉——古代陸獸才好呢？」

「畢竟人很多，總之先引走五隻左右吧。」

「了解。」

莉薩她們幹勁十足地朝古代陸獸跑了過去。

總覺得她們好像很開心，還差點把牠們當成肉。因為也快到中午了，把支援冒險者們的事情交給夥伴們，我開始準備午餐吧。

「喂！快逃吧！金甲鱷可是劍跟槍都不管用的怪物——」

一隻類似恐鱷的巨大鱷魚從湖裡朝我發動攻擊，我便拔出腰上的妖精劍迅速將其解決。

「——才對啊……」

我向發出警告的冒險者道謝，將巨大的金甲鱷屍體收進「魔法背包」裡。

因為好像會弄髒衣服，於是我用魔術版的念力「理力之手」來輔助收納。

「中午就吃燉菜和陶洛斯燒肉吧？」

我將夥伴們開心的歡呼聲當成背景音樂開始烹調，並且無視冒險者的怒號跟慘叫。

先將湖水裝進大鍋子裡，再用生活魔法「淨水」將水質調整成適合飲用的狀態，接著將巨大的花椰菜——魔芽花椰菜切碎扔進鍋裡煮。雖然身在室外很想升起篝火來當熱源，但由於附近的野草很茂盛，為了避免火災，我使用大型的魔導爐。

煮花椰菜的這段期間，我用其他鍋子煮起能當作燉菜配料的蔬菜，並切了些存放著當成配菜的洋蔥、胡蘿蔔跟類似洋菇的菇類。肉用培根就行了吧？

在大型中華鍋裡倒進油把蔬菜炒軟，也去掉培根多餘的油分。

接著將煮好的花椰菜撈起瀝乾水分，用魔法「空調」製造冷風加以冷卻。

再把炒好的材料與乾淨的水裝進空出來的大鍋子裡煮，然後趁這時候在小鍋子裡迅速製作白醬。

偶爾也會有魔物朝我衝過來，但是要戰鬥也很麻煩，我便使用輕微的威壓趕走牠們。

「主人～」

在混亂的戰場中準確地挑出魔物的小玉一邊朝我揮手，一邊返回夥伴們的身邊。多虧夥伴們引走魔物，原本混亂的戰場正急速恢復平靜。

把白醬加進大鍋子裡稍微燉一會兒後，便將鍋子從魔導爐上拿開。這裡的氣溫很高，還是別煮得太燙比較好。

說起花椰菜就會讓人想到奶油燉菜，做成冷湯或溫沙拉感覺也不錯。算了也罷，因為預計是要搭配烤過的麵包果實——麵包椰子跟燒肉嘛。

在調理技能的指示下，我將陶洛斯的肉依照部位切成適合的厚度，再切成方便入口的大小。接著稍微烤一下試個味道，並將一半的肉放進醬汁裡醃製。

畢竟機會難得，多做一點吧。

只要放進儲倉，肉的品質就不會劣化，或許還能分給其他冒險者享用呢。

「喵～」

小玉從我腳下的影子裡探出頭來，我往她的嘴裡塞了一片試吃用的肉並開口叮嚀：「不可以跟大家說喔。」

「美味～？」

笑容滿面的小玉消失在影子之中，接著再次從戰場的魔物影子裡現身。

在跟賢者戰鬥時似乎只是運氣好，她不知何時已經完全掌握影子移動的技術了。不過這招好像會耗費相當多的魔力，應該不能常用才對。

雖然弄破或烤焦了幾顆麵包椰子，但多虧了調理技能，我很快就找出最適合的料理方式。即使味道和香氣像麵包，硬要說來口感比較像柔軟的烤番薯。

因為戰鬥仍在持續，我便將適合用網子烤的蝦子、香菇與蔬菜處理好並一一串起來。這樣與其說燒肉更像燒烤派對，不過都很好吃，沒關係吧。

在我準備好桌子跟餐具之後，湖畔的戰鬥也結束了。

「主人！波奇知道喲！只有小玉一個人有試吃喲！真相永遠只有一個，很殘酷喲！」

看來連忍者小玉也瞞不過波奇的鼻子。

於是我也在眼泛淚光抱怨的波奇嘴裡，塞了一片給小玉試吃時一樣的肉。

「抱歉抱歉——來，波奇。」

「嗚咕，波奇才不會被騙——」

或許是燒肉很合她的胃口，波奇的表情頓時變得開朗。

「嗚嗯嗚嗯，好吃的肉無罪喲，波奇恨罪不恨肉喲。」

波奇拚命想裝出嚴肅的表情，臉頰卻漸漸有了笑意。

「洗完手就來吃飯吧。」

大家很有精神地回應我的提議，朝用來洗手的桶子走去。

「果然燒肉先生最好吃喲！」

「蝦子也好吃～」

「這個叫做牛舌的部位口感很棒，實在很美味。」

「燉菜也很好吃，我這麼告知道。」

「花椰菜，好吃。」

「說得沒錯，這裡的花椰菜**真豪吃**。麵包果實也很美味！」

「這口感有點像番薯，讓人想拿來搭配各式各樣的料理呢。」

今天的午餐也大受夥伴們好評。

「雖然露露的料理也很好吃，但主人的料理果然與眾不同呢～」

「沒那回事啦，跟露露的料理幾乎一樣吧？」

不如說露露最近研究心旺盛，讓人有種她能做得更好的感覺。

「不！亞里沙說得沒錯！」

令人意外的是，露露本人這麼斷言道。

「料理技術越是熟練，越能知道主人的料理究竟有多麼細膩，多麼堪稱奇蹟。」

「露露，我能體會。」

莉薩也一副感同身受的表情同意了露露的話。

「莉薩小姐！」

露露與莉薩意氣相投地緊握彼此的手。

「這、這是什麼情況？」

「唔？」

亞里沙跟蜜雅像搞不懂兩人反應似的偏過頭去。

「主人。」

一直默默享用午餐的娜娜向我發出警告。

「——後面。」

我照著她的話回頭一看，發現冒險者們都一副垂涎三尺的模樣看著我們。

「如果不嫌棄，要一起吃嗎？」

因為他們的模樣跟波奇有些相似，我不禁提出邀請。

我準備了很多燒肉和燒烤用的材料，所以應該不要緊，燉菜的量大概也沒問題。雖然麵包果實的分量不足，不過這些讓他們自己準備就行了吧。

「可、可以嗎——不對，我們不是來吃飯，而是打算來向你們道謝的。」

「沒關係啦，就答應他們吧。」

「就是說啊，我可沒想到在這種迷宮深處，還能吃到這麼正式的東西耶。」

「喂、喂！」

看似代表的犬人冒險者打算婉拒，但長得像狐狸和狸貓的冒險者卻興沖沖地跑到了燒烤用的網子旁邊。

「波奇來幫你們夾菜喲！波奇是服務專家喲！」

「小玉也要幫忙～？」

波奇與小玉讓夾子不斷發出聲響的同時走了過來。

她們將大量的料理裝上木盤分發出去，因為其他孩子們也開始幫忙分配料理，冒險者們的隊伍絡繹不絕，人數甚至多到來不及烤肉和其他食材。

「我來幫忙。」

「咱也來幫忙。」

「太好了，這邊需要人手。」

外表像搬運工的鼠人開口說要幫忙，我便請他們來協助烤肉跟蔬菜。

在他們的幫助之下，才免於讓餓肚子的冒險者們久等。

燒烤分配完畢後，我也給來幫忙的鼠人們提供了一頓豐盛的午餐。

「你們也吃吧。」

「好的，咱們也能吃陶洛斯的肉嗎？」

「YES～？」

「看起來真好吃，這還是第一次吃陶洛斯的肉呢！」

「非常非常好吃喲！」

鼠人們就像小玉和波奇一樣，眼睛閃閃發亮地吃了起來。

餐點似乎大受好評。

「我們也開動吧。食物有點冷掉了，重新加熱吧？」

「天氣有點熱，這樣就行了。」

「嗯，同意。」

燒肉在剛烤好的時候最好吃——我抱著這種想法看了看周圍，發現夥伴們的盤子裡都沒有燒肉。看來在她們說要幫忙的時候就已經吃完了。

我開始烤起追加的肉，並分發給想吃的人。

「沒想到能在迷宮正中央吃到這麼美味的料理啊。」

「雖然很沒有冒險者風範，但這樣也很不錯呢。」

「嗯，小姐們還真好運呢。」

冒險者們稱讚著料理，面帶笑容地對我的夥伴們說道。

——嗯？

莉薩突然陷入了沉默。

「怎麼了？吃太多了嗎？」

「——主人。不，並不是這樣。」

她有些欲言又止。

畢竟莉薩個性認真，是有什麼煩惱嗎？

「如果有什麼要求，儘管說沒關係喔。」

「不，您已經對我們很好了。只是……這樣下去真的好嗎，會不會太依賴主人呢？我稍微捫心自問了一下。」

「——依賴？」

莉薩居然在想這種事嗎？

「啊——我好像有點理解。」

亞里沙附和著莉薩的說法。

「畢竟在主人的全力支援下，就會依賴那種便利的感覺呢。」

「全力支援？我只是把環境整理成能夠有效率地進行狩獵而已吧？」

「嗯——該怎麼說才好呢？環境總是很舒適？唔——好像不太對。」

「是指能把注意力集中在戰鬥上的環境嗎？」

莉薩向苦惱中的亞里沙提出建議。

「沒錯，就是這個！本來狩獵時除了要有效率之外，還必須考慮要在哪裡休息，或是那個戰場會出現什麼敵人之類各式各樣的事情不是嗎？就是因為是在將這些事全部交給主人的狀況下修行，才會覺得『依賴』啊，沒錯吧，莉薩小姐？」

「……是的。」

莉薩一臉歉意地點了點頭。

原來如此，我也明白亞里沙與莉薩想說的話了。

儘管覺得不必讓她們費多餘的力，但這種費力的事──累積經驗或許也跟她們的成長有關也說不定。

「我知道了。那麼這次製作據點我只會從旁觀望，不會出手。」

「對不起喔，主人。」

「十分抱歉，主人。」

「別在意啦。不過要是覺得自己做不到就別逞強，要好好跟我說喔。」

「嗯，我知道了。」

「我一定會好好努力回應主人的期待。」

我對幹勁十足的莉薩說了句：「要適可而止喔。」

雖然有些寂寞，但協助大家獨立也是監護人的義務。

「肉～？」

「嘿咻、嘿咻喲！」

小玉和波奇運回了一噸左右的巨大肉塊。

「主人，那邊的冒險者分了解體完成的腿肉給我們。」

莉薩手指的方向，有一群正在解體魔物的冒險者。

吃完午餐之後，他們就在湖岸邊開始解體魔物。

「這是剛剛的謝禮！」

「即使比不上陶洛斯的肉，這玩意兒也能賣個好價錢喔！」

冒險者們用力地朝我們揮手。

或許是一起吃午餐的緣故，我們已經打成一片了。

「喵！喵喵喵喵！」

「怎麼了喲？」

小玉全身的毛都豎了起來，表情不安地東張西望。

我立刻打開地圖，鎖定讓小玉警戒的對象。

「在山的對面！」

松鼠人搬運工發出警告。

熱帶叢林的另一端在不知不覺間被濃霧覆蓋，霧中出現某種比叢林樹木更加高大的未知輪廓，就像叢林中比較矮的山丘一樣。

「——狼？」

露露喃喃自語地說道。

霧中冒出一頭純白毛色的狼。

「怎麼這麼大！」

亞里沙驚訝地叫了出來。

波奇將白龍蛋藏在身後，尾巴夾在雙腿之間。

小玉跟蜜雅躲到我的背後，抱住我的腳。

莉薩和娜娜像要保護我們一般往前踏出一步，但她們的手腳正因為對眼前超脫常理的存在感到敬畏而微微地顫抖。

「是、是神獸大人！」

「我、我……還是第一次見到！」

冒險者們紛紛無力地坐倒在地，用顫抖的聲音這麼說著。

沒錯，這頭狼的種族是在奇幻作品中也經常被描繪成足以與龍匹敵的——

——神獸芬里爾。

「**那就是本性嗎**，真驚人呢。」

我忍不住小聲地說道。

等級意外地不怎麼高，大概跟成年龍差不多。

——不，牠有兩個數字。

在等級六十二的旁邊，還用括號寫著等級九十一級。雖然覺得是在隱藏實力，但硬要說的話更像是無法使出全力的狀態。

當我還在考察時，芬里爾的身影慢慢地消失在山的另一端。

「——動作快！要去撿好貨了！」

「在冰溶化之前能獵多少就算多少！」

大約一半的冒險者露出一副回過神來的模樣，朝芬里爾出現的方向衝過去。

「那些傢伙似乎要去收拾被芬里爾冰住的魔物。因為過一陣子魔物身上的冰就會融化，假如想模仿他們，記得不要太貪心喔。」

把肉分送給我們的冒險者這麼告訴我。

「我們要換個狩獵場。因為神獸大人出現之後，魔物會被嚇到逃跑。」

也是啦，既然那麼有存在感，魔物當然會害怕。

「你們打算怎麼做？要一起來嗎？」

「不，我們打算前往『城堡』。」

「這樣啊，真了不起。會去『城堡』應該對自己的實力很有自信吧，不過無論如何都別去找神獸大人的麻煩喔？」

「好喲，波奇不會亂來喲。」

「神獸大人果然很強嗎？」

「才不只強那麼簡單呢。我還年輕的時候，曾經見到神獸大人與像山一樣巨大，類似樹海化身的樹木怪物交戰。那可沒有人類插手的餘地，好幾座山都被挖開了喔？」

有點想見識那場戰鬥呢。

他年輕的時候代表大約十年前嗎？不，應該更短一點吧？

「那個樹木怪物經常出現嗎？」

「不，只見過那一次，大概被神獸大人打倒了吧。話說回來，在那之後也好幾年沒見到神獸大人了，可能是那場戰鬥十分艱辛也說不定。」

或許牠是為了保護要塞都市，才會跟迷宮之主之類的存在戰鬥吧。

「神獸大人給人的感覺像森林的守護者嗎？」

「沒錯，就是那種感覺。只要我們不主動攻擊，神獸大人便不會對我們出手，但要是在牠的行進路上發呆，可能會被牠一不注意踩扁，要小心喔。」

在同伴的催促下，這位向我們透漏許多情報的冒險者離開了現場。

◆

「看到了！就是那個吧？」

從位於熱帶叢林中的高台上，能看見遠方有座類似尖塔的建築物。

「有好多牛～？」

前去探路的小玉回到了這裡。

「好多？報告要精確一點。」

「牛六隻～盾二、斧三、杖一。有隻拿斧頭的穿著重裝備，看起來很強～？」

根據地圖情報，小玉發現的是身穿重裝備的陶洛斯領隊所率領，由陶洛斯盾兵和陶洛斯鬥士、陶洛斯薩滿等高階種組成的小團體。

「是冒險者警告過的團體呢，亞里沙，妳有什麼想法嗎？」

「照平時的作法就行了吧？也就是由娜娜阻擋對方的突擊，小玉跟波奇去擾亂拿盾的敵人。莉薩小姐主動進攻，露露狙擊拿杖的陶洛斯，我和蜜雅則負責輔助大家。」

莉薩向亞里沙進行確認，夥伴們也沒有意見地點了點頭。

「──我要上了。」

莉薩一馬當先衝進空間扭曲。

我與娜娜也一起跟過去。

──BZUUMZOOOO。

見到我們之後，陶洛斯們發出吼叫聲。

「嘿呀，我這麼宣言道。牛就該像牛一樣衝過來，我這麼告知道。」

娜娜帶著挑釁技能發出喊叫之後，陶洛斯們便爭先恐後地朝她衝了過去。

──BZUMZOOBZUMZOO！

接著領隊發出吼叫，陶洛斯們紛紛停下了動作，組成由肉盾打頭陣的隊伍展開衝鋒。

「那個囂張的傢伙好像擁有指揮技能，蜜雅用小希爾芙去牽制領隊。」

「嗯，知道了。去吧。」

──呼。

小希爾芙如同某部機器人動畫的無人攻擊機似的飛上空中。

「──喝啊！」

莉薩氣勢如虹地舉槍朝盾兵的側面刺過去。

——BZUMZOO。

雖然盾兵反應十分迅速地朝側面舉起盾牌，但莉薩的槍仍以遠遠凌駕其之上的速度貫穿了盾兵的頭。儘管盾兵的頭上戴著看似堅固的頭盔，在鍍著龍牙的魔槍多瑪面前就如同一張薄紙。

「阿基里斯獵人～？」

「居合拔刀喲！」

兩人以低姿勢衝過陶洛斯的腳下，用劍劃過躲在盾兵背後的鬥士腳踝。

小玉只劃出血痕，但波奇則是趁勢將鬥士細長的腳踝給砍下。

純論戰鬥能力似乎是波奇更勝一籌，是因為得到武士大將傳授奧義的緣故嗎？

「瞄準，射擊！」

射線清空的瞬間，露露用輝焰槍轟掉了薩滿的頭。

——BZUMZOO。

沒有受傷的盾兵往娜娜手上的大盾使出盾擊。

「反彈盾擊，我這麼告知道。」

娜娜用大盾架開了盾兵的盾擊，直接將盾兵舉起並往後摔出去。

「——隔絕壁！」

亞里沙用空間魔法接住朝後衛陣容方向飛來的盾兵。

「露露！」

「射擊！」

再次充填完畢的輝焰槍子彈射穿了毫無防備的盾兵背部。

就算要求得很突然，露露依然能夠準確地射穿延髓的弱點，實在非常厲害。

「螺旋槍擊！」

——BZUMZOOBBBBZ。

莉薩使用必殺技打倒了陶洛斯領隊。

剩下的陶洛斯鬥士也被其他前衛的孩子們一一解決。

「雖然比單一敵人棘手，但也不成問題呢。」

「每隻的強度也比較高～？」

「是這樣喲？波奇覺得沒什麼差別喲。」

「小玉說得沒錯。那個領隊有一種叫做『眷屬強化』，能夠提升同伴能力的技能。」

亞里沙將透過能力鑑定技能得到的情報告訴夥伴們。

「即便不清楚強化的程度，要當作狩獵對象沒問題。」

莉薩做出如此結論。

此時準備開始回收屍體的小玉耳朵突然豎了起來。

「喵！敵人來了！」

——ＢＺＵＵＭＺＯＯＯ。

隨著一聲大吼，身高接近剛剛那些陶洛斯兩倍的巨人衝過來。牠的手上握著一把似乎是魔斧的巨大雙手斧。

「這傢伙是等級四十一的陶洛斯冠軍！是個強敵喔！戰鬥方式以近戰為主，但牠有好幾個必殺技類型的技能，不要大意！」

「是『區域之主』的眷屬級呢。」

「只有一隻的話沒問題，我這麼告知道。」

亞里沙發出警告，夥伴們開始做起戰鬥準備。

「小希爾芙，牽制。」

——呼。

接到蜜雅命令的小希爾芙們纏上了冠軍的臉。

——ＢＺＵＵＭＺＯＯＯ。

冠軍發出吼叫甩飛小希爾芙，接著施展迴旋系的必殺技將希爾芙還原成精靈光。

「唔。」

蜜雅詠唱起下一個咒文。

這次用的不是精靈魔法，而是能妨礙行動的水魔法。

「你的對手是我，我這麼告知道！」

娜娜用帶著挑釁技能的聲音喊道，冠軍的注意力頓時集中在她的身上。

「阿基里斯獵人～？」

「波奇從另一邊攻擊喲！」

——ＢＺＵＵＭＺＯＯＯＯ。

冠軍的尾巴甩飛了波奇，並踢出一腳妨礙小玉的攻擊。

「挺厲害呢。」

——ＢＺＵＵＭＺＯＯＯＯ。

莉薩的槍與冠軍的斧頭激烈衝突。

紅色的光芒迸發出來，槍跟斧頭僅抗衡了一瞬間。

——ＢＺＵＭＺＯＯ。

發現自己情況不利的冠軍迅速抽回斧頭，跟娜娜和莉薩拉開距離。

「瞄準，射擊！」

——ＢＺＵＭＺＯＯ。

冠軍用斧頭迎擊露露的輝焰槍射出的子彈。

雖然子彈被打偏，依舊射穿冠軍的右肩，使牠露出破綻。

「我來絆倒牠！」

亞里沙的隔絕壁絆住了冠軍的腳，使牠失去平衡。

「忍忍～？」

從陶洛斯的影子伸出的漆黑鞭子將冠軍拉倒在地。

「……■糾纏水流。」

蜜雅的妨礙魔法將冠軍以不利的姿勢綁了起來。

「魔刃碎壁，我這麼告知道！」

娜娜一擊打碎了冠軍的防護障壁。

「魔刃旋風喲！」

波奇同時使用居合的一擊將冠軍攔腰砍成兩半。

「最後一擊——螺旋槍擊。」

——ＢＺＵＭＺＯＯＢＢＢＺ。

莉薩的必殺技貫穿了冠軍的嘴，螺旋槍擊的餘波從內部摧毀冠軍的頭部。

「雖然有點難纏，但只有一隻不成問題呢。」

「是啊，事先想好這傢伙跟其他陶洛斯一起出現時的陣形吧。」

在亞里沙與莉薩討論作戰的期間，我跟其他孩子們一起回收冠軍的屍體和雙手斧。

雙手斧是用某種角跟骨頭加工製成，似乎是件被詛咒的裝備。因為姑且能當成魔斧使用，攻擊力也很高，我決定將其回收。畢竟被其他陶洛斯撿去使用也挺麻煩。

◆

在那之後，我們一路上不斷與單隻或由領隊率領的陶洛斯小隊進行遭遇戰，最後終於來到能夠一窺「城堡」全貌的地方。

「——還挺大的呢。」

「跟都市不同～？」

「這裡是陶洛斯的都市嗎？」

「系。」

在我面帶微笑地守望夥伴們的交談時，地圖切換到新的區域。

使用探索全地圖的魔法後，「城堡」的全貌便一目了然。

「現在看到的外牆內側似乎跟一座都市差不多寬廣喔。」

儘管外牆有許多部分崩塌，但內牆並不存在那種地方。

外牆的內側是一片相當寬廣的區域，內牆外側有著寬約一百公尺左右，如同帶狀迷宮的居住區，而內牆的內側則是由原本被稱作城堡的複數結構物所構成。

帶狀的居住區裡棲息著一般的陶洛斯，由領隊率領的小隊在包含居住區在內的整個城堡巡邏。

居住區外側的廣大空間，有包含冠軍在內的許多陶洛斯在這裡徘徊。還有幾位騎著迅猛龍型古代陸獸的陶洛斯騎士在四處巡邏。甚至還有正在引導稱作「面子豬」的魔物集團，名叫陶洛斯養豬人的奇怪種類。

「有冒險者嗎？」

「——有耶，似乎是把類似堡壘的地方當作據點來進行狩獵。」

在這個區域有著大小不一的「堡壘」，冒險者占據的堡壘裡大概有十到二十個人，加上在附近狩獵的冒險者，一個據點大約有三十到五十名冒險者。

每個據點都有六名以上最高等級的金獅子級冒險者，銀虎級的冒險者大多是弓箭手或魔法使，參加近戰的人基本也都是在協助金獅子級冒險者。

代表這裡就是個攻略難度這麼高的地方吧。

「嘿——那麼，我們也去找個類似的據點會不會比較好？」

「既然如此，我正好有個——」

「請等一下，主人。」

因為附近有個被三隻陶洛斯冠軍占據的適合據點，我正想把這件事告訴她們，但被莉薩給制止了。

「這裡請交給我們處理。」

「抱歉，莉薩小姐，妳說得沒錯。我差點又一如往常拜託主人了。」

這麼說來，她們好像說過為了累積各式各樣的經驗，要儘量靠自己處理所有事情。

「我知道了，挑選據點的事就交給妳們。」

聽見我這麼說，莉薩先再次向我道歉，隨後跟亞里沙開始討論方針。

大致上統整一下，她們的方針似乎要讓蜜雅的精靈來探索「要塞」，然後透過亞里沙的空間魔法或小玉的偵查找出能夠鎮壓的地點，再把那裡打造成據點。

「那麼，我們走吧！」

在亞里沙的號令下，大家再次展開移動。

外牆的四個方向都有被破壞的門。由於離那裡有段距離，我們便選擇就近從外牆上的裂縫入侵。

「好寬敞～？」

「跟外面不一樣，有種牧場的感覺喲。」

「樹木的數量不多，卻長了許多及腰的蕨類植物或攀緣類的雜草呢。」

獸娘們爬到附近的灌木上環顧四周。

「三點鐘方向能看見一座結構物，那應該就是『堡壘』吧。」

拿著望遠鏡的莉薩發現了堡壘。

「好像有人正在戰鬥。」

「冠軍～？」

「感覺很危險喲。」

「慢著，不要緊的。」

我制止了立刻準備戰鬥的小玉和波奇。

雖然從這裡看不清楚，但他們似乎是由好幾個擔任肉盾的金獅子級冒險者擋下了冠軍的猛攻。

「靠近一點觀戰吧。」

「嗯，同意。」

我們在亞里沙和蜜雅的催促下靠近戰場，發現有許多冒險者正躲在灌木的根部進行著某種準備。

「大概是陷阱~？」

「是陷阱喲？」

在小玉跟波奇的視線前方，一張藏在草原的網子突然掀起並綁住了冠軍。

於此同時，躲在灌木根部的魔法使對冠軍使出妨礙行動的魔法。

「唔？」

「開始逃走了，我這麼告知道。」

正如娜娜所說，冒險者們頭也不回地全力朝著堡壘跑去。

冠軍放棄將網子扯掉，直接拖著網子跑了起來。

「哎呀~？」

「冠軍的人掉進了陷阱喲。」

雖然陷阱深度只到冠軍的膝蓋，但依然將其絆倒在地。

所有冒險者都趁這時平安無事地逃進堡壘，同一時間，幾枚障壁包覆住整座堡壘。

那座堡壘好像設有用來防衛據點的魔力爐跟障壁裝置。

——BZUUMZOOO。

冠軍發出吼叫衝了過去，卻被障壁擋住無法闖進堡壘。

即使如此牠依然固執地不停用斧頭敲打。

「主人，障壁出現裂痕——」

「不要緊喔，內側似乎準備了新的障壁。」

這種堡壘的障壁只要不是魔力爐的魔核用盡，或是受到能一次破壞複數障壁的攻擊，應該沒問題。

——BZUMZOO。

「真是不死心耶。」

「冒險者們不打算反擊嗎？」

「或許是覺得挑戰這種等級的敵人會有風險吧。」

我回答了露露的問題。

聽見這句話，莉薩開始對槍注入魔力。

「主人，既然他們不打算交戰，我們去對付牠也沒關係吧？」

「應該沒問題。」

用空間魔法「遠耳」確認後，堡壘內的冒險者們嘴上都說著希望冠軍早點離開的發言，似乎還對魔力爐的魔核消耗感到焦慮。

「露露，請狙擊冠軍把牠引過來。」

「好的，我明白了！」

露露的輝焰槍子彈射中冠軍的後腦杓，發生了小爆炸。

這種程度雖然無法貫穿冠軍厚重的防禦障壁，但成功將牠的敵意從堡壘轉移過來。

「——娜娜。」

「是的，莉薩。冠軍就是冠軍，不過是壽喜燒食材的冠軍，我這麼告知道！」

「壽喜燒好吃～？」

「波奇也非常喜歡吃壽喜燒喲！」

聽見娜娜的挑釁，波奇跟小玉眼睛閃閃發亮地擦著口水。

——ＢＺＵＵＭＺＯＯＯＯ。

儘管冠軍發出勇猛的吼叫聲衝了過來，但面對食慾大增的夥伴們猛烈的攻勢根本毫無勝算，只用了比之前更短的時間就被解決掉。

這次的冠軍用的雙手斧不像之前是把魔斧，可能也是原因之一吧。

「有人來了～？」

「好像是堡壘的冒險者代表呢。」

他們都聚在堡壘的閣樓上觀察著我的夥伴們的戰鬥。

「我是金獅子級冒險者泰格，是『神獸吞噬者』的隊長。」

一名渾身肌肉的獅子人冒險者對我們這麼說，並朝我們伸出手來。

後方的亞里沙偏著頭小聲說句：「明明是獅子卻叫泰格？」但我想那只是發音單純很像德語罷了（註：泰格的日文發音跟老虎的德文發音相近）。

「初次見面，我是銀虎級隊伍『潘德拉剛』的佐藤。」

「──銀虎級？」

「是的。我們才剛進行登錄，不久之前我們在位於希嘉王國的賽利維拉迷宮探索。」

「是來自世界最古老的大迷宮啊。既然如此，也難怪你們擁有能輕鬆解決那隻冠軍的實力了。」

獅子人以感到佩服的語氣開口。

「那麼你們是第一次來『城堡』嗎？」

「是的，甚至連這裡叫做『城堡』都不清楚。」

「──是嗎，那麼提醒你們一下吧。不要接近城堡內牆。就算在狩獵迷宮城市的陶洛斯時，也絕對不要靠近內牆。即使很罕見，有時候會有戴頭冠的在巡邏，那些傢伙可是比鎧甲混蛋還要危險。」

雖然不太清楚獅子人說的簡稱，從他的說法來看，能推測出鎧甲混蛋是陶洛斯領隊，戴頭冠的是指在內牆內側的陶洛斯隊長吧。

「鎧甲渾蛋能夠增強手下的陶洛斯對吧？戴頭冠的也擁有一樣的技能，而且能跟鎧甲混蛋的技能效果重疊。要是在外面遇見那些傢伙，要儘量早點解決負責指揮的個體。」

是在團體中會變強的魔物啊。

「因為最近在內牆外面幾乎沒見到，我認為應該沒問題，但還是要小心為上。」

根據地圖情報，城堡的最深處還有稱為陶洛斯將軍與陶洛斯領主的高階種，牠們擁有跟領隊或隊長不同種類的強化部下型技能。

要是跟領隊牠們的技能加起來，感覺會成為一隻讓人不能小看的集團。

「大概不用特別提醒，但別接近內牆的大門，就算是能看到的地方也不行，會被弓箭手或狙擊手射穿腦袋喔。」

聽見有狙擊手，露露的眼睛亮了起來。

莫非稍微激起了她的對抗心理嗎？

「如果擔心弓箭，舉盾不就行了嗎？」

「真正有危險的不是那些傢伙。要是被守衛發現，戴著頭冠的精銳集團就會立刻過來。若是忙著應付那傢伙，陶洛斯將軍率領的主力便會出現，到時候將會被人海戰術給壓垮。」

「聽起來十分值得一戰呢。」

「喂！有鱗片的大姊，就算對自己的實力有自信也千萬別那麼做。要是將軍出馬，那支大軍會直接出城攻占附近所有的堡壘。所以無論對方多麼有勇無謀，我們也不能一句『想死就自己去挑戰』便丟著不管呢。」

原來如此。與面對冠軍那時不同，假如對手是大型軍團，就算固守堡壘打持久戰也是在自尋死路。

之後他繼續將應該注意的敵人，或是面子豬活捉的賣價會比較好之類的賺錢話題也告訴了我們。

「有機會再去喝一杯，並告訴我一些關於賽利維拉的事情吧。」

「我很樂意，到時候也請您告訴我們關於樹海迷宮的事情。」

「那麼，後會有期！願你們得到大魔女大人的加護！」

最後和獅子人講了些場面話之後，我們重新開始尋找據點。

◆

「小玉在揮旗子喲！**弓尖手**全滅了喲！」

潛入陶洛斯所占領的堡壘頂端的小玉發出信號。

堡壘上的弓箭手被露露一個接一個地狙擊，躲在遮蔽物後面的最後一隻陶洛斯也在剛剛被小玉解決了。

「小亞里沙的～大門魔術～」

亞里沙使用空間魔法「空間連結門」將空間與上層結構物的屋頂連在一起。

「要上嘍。」

「是的，莉薩。」

「了解喲！」

前衛成員穿過亞里沙連接的空間衝進堡壘中。

「門。」

堡壘的大門打開，從中衝出了一支陶洛斯的小隊。

「瞄準，射擊！」

「……■糾纏水流。」

露露的輝焰槍接連射穿陶洛斯的腳讓牠們摔倒，蜜雅再用水魔法將牠們綁在地上。

「塔哩喝～？」

「啦哩呵喲！」

堡壘鎮壓結束的小玉跟波奇衝出來，對躺在地上不斷掙扎的陶洛斯做出致命一擊。

接著跟在兩人後方的莉薩與娜娜也從正門走回來。

「辛苦了，在建築物裡面打起來感覺不同嗎？」

「並非如此，在狹窄空間裡冠軍也只是個巨大的靶子。」

「裡面只有一隻嗎？」

「是的。根據小玉的調查，應該還有兩隻才對，我想大概是離開堡壘去了外面吧？」

——正確答案。

我在內心拍手。

「那麼快點進去吧。蜜雅，能呼喚土系精靈嗎？」

「交給我。」

「嗯，格諾莫絲。」

「等進去之後再做就行了，能在堡壘外面挖一條壕溝嗎？」

蜜雅拍了拍自己單薄的胸口，開始進行漫長的詠唱。

亞里沙使出無詠唱的探知系空間魔法之後，看著小玉說道：

「有能夠偵測接近的忍術嗎？」

「嗚子～？」

「啊，對喔，還有嗚子呢。能去布置一下嗎？」

「包在我身上～？」

「波奇也要一起幫忙喲！」

「Here we go～」

小玉跟波奇跑出堡壘。

「放得隨便一點就行了！要在離開的陶洛斯返回堡壘前回來喔！」

「系系系～？」

「了解喲！」

提醒完她們之後，亞里沙開始向其他孩子下達指示。

「露露去確認用水處，儘管我已確認沒有魔物，但還有蟲子與小動物，要注意喔。」

「嗯，知道了。」

「莉薩小姐跟娜娜可以去收拾陶洛斯的屍體嗎？」

「那些已經回收完畢了。」

「哦哦，真不愧是妳！」

「……■地精靈創造。」

蜜雅做出了用岩石製成的精靈。

不，不對。是穿著岩石禮服的少女。

「亞里沙。」

「哦——是沒見過的孩子呢。那麼壕溝就拜託妳了。」

「嗯，去吧。」

格諾莫絲讓地面發出轟鳴聲當作回應，接著像在地面湧起波浪似的移動到堡壘外面。

因為有點感興趣，我便和蜜雅一起登上堡壘的外牆欣賞格諾莫絲大顯身手。

「她是土魔法的專家呢。」

「沒錯。」

格諾莫絲宛如在玩黏土一般挖開長滿雜草的堅固地面，還使用多餘的土在外側做成低矮的土牆。

「那也是蜜雅的指示嗎？」

「嗯，以心傳心。」

蜜雅一臉得意地豎起大拇指，看起來有些可愛。

我看準設置好鳴子的小玉和波奇回來的時機回到堡壘內。

「回來了～？」

「我回來了喲！」

「辛苦了。莉薩小姐，把門放下來。」

莉薩操作絞車將正門的木製大門與金屬製的鐵柵門放下。

「內部的灰塵我已經用空間魔法吹走了，妳們就把裡面的家具跟雜物全部運出去吧。二樓或裡面房間的東西直接從窗戶扔掉就行了，不過要注意下面有沒有人喔。」

亞里沙講出了有些奔放的話。

這似乎是她從動畫網站上的古老民宅翻修方式中學到的。

「可以燒掉的東西就用火魔法燒掉，燒完的焦炭跟不可燃物品便請小格諾莫絲挖洞埋起來吧。」

平時都會由我以儲倉來進行收納，但這方面她們似乎也想自己處理。

「果然等級高了作業速度就是快呢。換作是影片，有不少要花上一年才做得完呢。」

當格諾莫絲挖好外牆壕溝的時候，堡壘內的雜物也都被堆放在中庭。

途中雖然外出的冠軍返回堡壘，由於早早就被嗚子發現，在露露的狙擊與莉薩的上級火魔法連續招呼下，牠完全接近不了就被解決了。

獸娘們在焦黑的冠軍前表情難過地說著「肉～」的模樣讓我留下深刻的印象。等到剩下的另一隻冠軍回來時，肯定會禁止使用火魔法吧。

「不需要床跟浴桶嗎？」

「那些等回到阿卡緹雅再運過來吧，這次只用裝在妖精背包裡的寢具就夠了。儘管沒辦法洗澡，但有蜜雅的水魔法嘛。」

「嗯，泡洗淨。」

蜜雅講出了最近沒有機會用的魔法。

「那糧食與調味料——」

「就說沒問題了嘛，那類物品露露的妖精背包裡裝了很多，而且肉也能夠自給自足。這樣就足夠在這裡待上一、兩個禮拜提升等級了。」

亞里沙她們的想法似乎很堅定。

「知道了，我不會出手幫忙。但要記得千萬不要逞強喔。」

「嗯，交給我吧！」

亞里沙表情帥氣地拍了拍自己的胸口做出保證。

姑且跟她們約好遇到危險時要立刻發出救援信號之後，我獨自一個人先行返回要塞都市阿卡緹雅。

總覺得有種父親見到孩子們獨立的心情。縱然有些寂寞，但必須好好忍耐，期待夥伴們的成長。

勇者屋

「我是佐藤。雖然曾經在雜貨店打過工，但最累人的不是整理倉庫的重物或站櫃檯，而是應付客訴。不過一個月也遇不到多少次就是了。」

「給我十天份的肉乾。」

一名常客將銅幣撒在櫃檯上並對我說道。

在堡壘與夥伴們分別後，最近三天我一邊修理房屋，一邊擔任勇者屋的店員。

「光吃肉對身體不好喔？」

「是嗎？那麼也給我十天份難吃的口糧吧。」

「有那麼難吃嗎？」

「是啊。不僅既酸又苦，吞下肚還有股奇怪的澀味。如果用煮的，倒是能融進湯裡用鹽巴掩蓋味道之後吃下去，但要是在樹海中那麼做，可是會被魔物給包圍的。」

嘿──是這樣啊。

熱帶叢林的動物的確給人一種嗅覺很靈敏的印象呢。

「烏夏商會的保存食品雖然還能吃得下去，但那裡賣得比這裡或公會貴上三倍。要是能好吃一點，或是便宜一點就好了～」

「那麼我有空就來研究好吃的保存食品吧。」

「真是個好主意。拜託你嘍，小哥。多賺點錢讓小蘿蘿她們日子過得輕鬆點吧。」

看似常客的熊人冒險者這麼說完就離開了店裡。

「有這麼難吃嗎……」

「要吃吃看嗎？」

蘿蘿露出一副惡作劇小孩般的表情這麼提議。

「說得也是，畢竟不知道對手的味道也沒辦法改良。」

一吃之下我後悔了。

味道跟在聖留市吃到的加波瓜麵包或是巴里恩神國吃到的尼爾波谷差不多。不對，這邊的味道或許還好上那麼一丁點，但每天吃這個會很難受吧。

「一點都不好吃對吧？據說是因為樹海迷宮的濕度很高，一般的保存食品馬上就會發霉或長蟲喔。」

「原來如此——」

我試著開玩笑地對蘿蘿說：「冒險者感覺會連蟲一起吃下肚呢。」她卻很正經地給出這種回答：「聽說要是不好好咀嚼再吞下去，肚子會因為蟲子亂竄痛得要命喔。」使我有些不知該如何反應。

這下無論如何都得開發出好吃的保存食品才行。

當然，必須用能在要塞都市阿卡緹雅取得的食材來製作。

在我想著這種事的時候，有人打開大門走了進來。

下一位客人會是怎樣的人呢——

「退後。」

發現對方是個骨兵之後，我將蘿蘿擋在身後。

「啊嗯！」

蘿蘿小聲地叫了出來。

——啊嗯？

手上傳來柔軟的觸感，我立刻鬆開了手。

就算是不小心，也不能吃保護對象的豆腐。

「沒關係的，佐藤先生。」

蘿蘿從我的手臂下方鑽過，朝骨兵的方向走去。

「——配送辛苦了，請把東西放在那裡。收據我放在籃子裡嘍。」

仔細一看，那隻骨兵正扛著貨物。

這麼說來，這座要塞都市好像會活用死靈術士使役的骨兵當作勞動力。

從蘿蘿手上收下收據之後，骨兵做了個類似敬禮的動作就離開了。

「哇呀！」

「嗚喵～」

「啊哇哇——」

倉庫方向傳來倉鼠孩子們的慘叫。

「咦？他們應該在庭院裡除草才對啊。」

我跟蘿蘿兩人一同前往倉庫了解狀況，發現倉鼠孩子們被堆放的貨物給壓住了。

「不好了！為什麼會發生這種事——」

我跟蘿蘿一起將倉鼠孩子們救出來。

將貨物收拾到一定程度後，總算知道原因。

因為跟倉鼠孩子埋在一起的還有放在架子上裝有魔芽花椰菜的籃子，年紀最小的倉鼠雙手緊握著塊狀的花椰菜，那麼答案很明顯了。

「我說過不可以偷吃吧。」

「蘿蘿，對不起。」

「蘿蘿，誤解。」

「蘿蘿，不能吃嗎？」

倉鼠孩子們有的道歉，有的想蒙混過關，有的直接開始撒嬌。

我當作迷宮伴手禮送給蘿蘿的花椰菜，倉鼠孩子們也非常喜歡呢。

「午安——蘿蘿在嗎～？」

店面那邊傳來聲音，似乎又有客人來了。

「在——！我馬上來！」

蘿蘿隨即跑去接待客人。

我則是和倉鼠孩子們收拾倉庫之後再到店裡。

造訪店裡的是個我也認識的人。

——她怎麼會在這裡？

「佐藤先生，我來介紹。這位是常客緹雅小姐，經常給店裡帶來大筆的訂單。」

「慢、慢著，蘿蘿。這個人是誰？妳什麼時候找到了同族的男朋友？」

「不、不是啦！佐藤先生只是寄宿在店裡，順便幫忙看店而已。」

「既然是寄宿，不就代表果然在同居嗎？」

緹雅小姐說出了充滿戀愛色彩的發言。或許她是個以她的年齡來說，特別喜歡戀愛話題的人也說不定。

「不只是我，我的夥伴們也一起在這裡借宿喔。」

「什麼嘛，還以為蘿蘿的春天終於來了。初次見面——佐藤先生？」

我也用「初次見面」向她打了招呼。

「佐藤先生，緹雅小姐很厲害喔！她可是那位大魔女大人的弟子呢！」

「哦——原來是**大魔女大人的弟子**啊，那還真厲害呢。」

原來如此，蘿蘿似乎不知道緹雅小姐的**真正身分**。緹雅小姐好像也不打算明說，我還是別說出來吧。

話說回來，這種事在時代劇和輕小說很常見，但沒想到能在現實親眼看到這種橋段。

「緹雅小姐，大魔女大人是個怎樣的人呢？」

「就是個彆扭的老人，老是對弟子呼來喚去，讓人很困擾呢。」

「緹雅小姐真是的！老是這樣發牢騷。佐藤先生，大魔女大人是從數百年前就一直守護著要塞都市阿卡緹雅，是個宛如女神大人的人物。雖然我沒有見過面，但一定是位非常棒的淑女喔！」

見蘿蘿如此主張，一旁的緹雅小姐欲言又止地浮現了各式各樣不同的表情。

「緹雅小姐，妳的臉好像有點紅耶——」

「臉、臉紅？才、才沒那回事……應該吧！」

緹雅小姐顯得非常動搖。

讓人覺得滿有趣的。

「真的！有點泛紅，該不會是發燒了吧？」

「沒錯！發燒！我的頭從早上就有點熱熱的～」

緹雅小姐順著蘿蘿的發言接了下去。

「即使樹海感冒似乎不流行，還是要小心點喔。」

「嗯，不要緊，我會好好休息。」

見到蘿蘿認真地關心起自己的健康，緹雅小姐看似有些心虛。

「話說回來，還沒請教您此行的目的，已經辦完了嗎？」

「目的？」

聽見我幫忙解圍的話語，緹雅小姐露出了不解的神情。

「——對喔，賽柯在嗎？之前的魔法藥做得不錯，我是來稱讚他的。雖然我只是教他入門的臨時師傅，還是得好好稱讚弟子的成長才行啊。」

那個叫賽柯的，就是造成我與蘿蘿相遇契機的馬人。

「那個……賽柯先生似乎被大型商會挖角，已經辭職了。」

「是這樣嗎？不過如果有好好做完委託才離開，至少也算履行了最低限度的職責——」

從蘿蘿的表情發現事實真相的緹雅小姐話說到一半就停住了。

「難不成是在委託中途逃走的嗎？」

「是的，與其說是中途，不如說是開始委託之前……」

「真虧妳能趕上呢，交貨期限很緊迫吧？」

緹雅小姐用感到擔憂的眼神看著蘿蘿。

——咦？蘿蘿好像說過那是「第一位客戶」吧？

雖然她好像沒發現，但那位客戶似乎是緹雅小姐介紹的。

「多虧了佐藤先生他們的努力。」

「哦——你還真厲害呢。」

緹雅小姐的眼睛亮了起來。

「賽柯有留下配方嗎？」

「不，只有一些片段跟潦草的筆記而已。」

「意思是你靠那些就做出來了嗎——這個給你。」

緹雅小姐從道具箱拿出一本小冊子遞給我。

「這是配方書嗎？」

「沒錯，裡面只有鍊金公會公開的部分，所以在這裡用也沒問題。」

「謝謝妳。」

「別客氣，因為我打算請你做點事作為回報。」

緹雅小姐笑容開朗地拿出了大筆訂單。

蘿蘿在見到訂單之後發出了慘叫，但是不必擔心。

即使期限很緊，相對地報酬也比較多，材料也能在阿卡緹雅買到。就算買不到，也都是些能在迷宮內取得的物品。

「怎麼樣？做得出來嗎？」

「是的，沒問題。」

「挺有自信的嘛，那麼拜託你嘍。」

緹雅小姐無視癱倒在地的蘿蘿用悲痛語調喊出：「等一下，緹雅小姐！」便逕自離開了店裡。

另外，我花了不少時間才讓淚眼汪汪的蘿蘿冷靜下來，且最終還是平安地完成緹雅小姐的訂單。雖然購買收集材料花了一番力氣，不過由於配方書裡藏有量產時的提示，因此相對輕鬆地完成鍊成。

最後蘿蘿和倉鼠孩子們都燃燒殆盡到整個人變成白色，但不僅拿到有用的配方書，還得到了暫時的週轉資金，因此我認為這是個不錯的委託。

從明天起暫時沒事做了，來花時間研究美味的保存食品吧。

◆

「果然有很多魔物素材呢。」

「因為阿卡緹雅位於樹海迷宮的正中央啊。」

交貨結束後的隔天，我與蘿蘿一同來到阿卡緹雅的市場。

雖然勇者屋得暫時歇業，這個時段似乎本來就不會有客人所以沒關係。此外，倉鼠孩子們被留在店裡看家。我用空間魔法「眺望」確認了一下，發現他們正躺在涼快的樹蔭下舒服地睡著午覺。

「即使也有賣一般的蔬菜或水果，價格卻昂貴到我們這種庶民根本買不起。」

來自魔物的食材縱然便宜，但普通的蔬菜水果就算是乾燥的也貴了五倍以上，如果是新鮮的價格甚至會超過十倍。畢竟運輸成本也很高，高風險高回饋也很正常吧。

「這麼一來，新保存食品的材料只有魔物素材一種選擇了。」

「是的！」

蘿蘿露出燦爛的笑容向我說明食材的味道與加工方式。

有種跟露露在一起的感覺。因為以堡壘為據點的夥伴們已經狩獵超過五天，在進行早中晚的定期聯絡時，她們說再稍微努力一下就會暫時回來一趟，同時很開心地說著似乎有機會在這麼短的期間內升級的事。

——嗯？

因為忽然察覺到視線，於是我悄悄地看了看周圍。

——找到了，這個人我有印象。

是那個之前討伐魔族的狼人風格青年，緹雅小姐稱呼他為費恩。

他看著的人不是我，而是蘿蘿。難不成是蘿蘿的跟蹤狂嗎？

此時他好像注意到我在盯著他看，於是立刻轉移視線混進人群中。

「怎麼了嗎？」

「沒事，只是在擔心魔物的食材會不會導致瘴氣中毒——」

因為不想讓蘿蘿感到不安，我隨便找了個話題帶過。

「市場上的食材是安全的，因為會先放在大魔女大人製作的淨化倉庫保管，之後才擺出來賣。但無論有多便宜，都不能去黑市買東西喔？」

聽她這麼說我確認了一下，發現放在阿卡緹雅市場上的食材，幾乎都沒有瘴氣殘留。

原來如此，這樣的確不必擔心瘴氣中毒。

「因為有大魔女大人在，阿卡緹雅的『食』才得以安全放心地供給嗎？」

「呵呵，不光是食物，水也是喔。從普通井裡打上來的水都含有瘴氣，要是直接喝會弄壞肚子，或是生病的。」

生命線完全在大魔女的掌握之下啊。畢竟也為防止魔物入侵設立了結界，看來正是因為有大魔女，才得以在迷宮之中維持都市運行。

「水源也有類似淨化倉庫的機關嗎？」

「是的，阿卡緹雅大多數的塔都是為此存在。那叫做淨水塔喔。」

原來如此，這就是有那麼多塔的原因。

「啊！佐藤先生，這個！」

蘿蘿像在市場的路邊攤發現了什麼似的跑過去。

「這是叫做牛蒡薯的蔬菜，得費工夫做些去澀之類的處理，但是口感不錯又便宜喔。」

她的手上拿著又黑又細的蔬菜。

「那麼，這個也買下來吧。」

在蘿蘿的推薦下，我無視價格購買各式各樣的食材與調味料。畢竟就算是昂貴的食材，只要少量使用，就能避免整體成本上升呢。

「區區一個『沒毛的』！」

沿著怒罵聲回頭一看，發現一群水獺人冒險者正在用腳踹著人族老人。

「住手啦！老人家是用來關懷的耶！」

「派不上用場的『沒毛的』給我閉嘴！」

一位帶著羊角頭盔的女性冒險者擋在老人前面。

「諾娜小姐。」

「你認識她嗎？」

「是的，是店裡的常客。」

「——呀！」

「諾娜小姐！」

女性冒險者——諾娜小姐伴隨著慘叫聲飛過來，我接住了她。

可能是等級有差距，她的體力減少了非常多。

「明明那麼弱小，少給我多管閒事啊。」

「妳被開除了，『沒毛的』。別再出現在我們面前。」

水獺人們踩在老人身上哈哈大笑。看來他們似乎是同一支小隊的成員。

「諾娜小姐！振作點，諾娜小姐！」

我餵諾娜小姐喝下魔法藥，決定要蹚這渾水。

「已經沒事了。」

接著將她交給擔心不已的蘿蘿。

「——礙事。」

一道低沉的嗓音響起，原本踩在老人身上的水獺人飛到空中。

動手的是剛剛消失在人群之中的狼人風格青年費恩。

「你、你在做什麼！」

「你是『沒毛的』的同伴嗎！」

水獺人打算藉由貼標籤來拉攏周圍的人，但在明顯充滿強者風範的費恩面前毫無意義。

「令人不快，給我消失。」

明明沒有使用威迫技能，但在費恩充滿迫力的命令下，水獺人們驚慌失措，跌跌撞撞地快步逃離了現場。

「——哼。」

費恩朝我們的方向走來。

「妳在哭呢，有受傷嗎？」

接著開口向蘿蘿問道。

「沒、沒有，我沒事。」

「是嗎？」

或許是見到蘿蘿平安無事而感到滿足，費恩瞬間流露出溫柔的眼神看了蘿蘿一眼就離開了。搞不好他是聽到蘿蘿擔心諾娜小姐的叫聲才趕過來的也說不定。

◆

「佐藤先生，換我來吧？」

「沒問題的，別看我這樣，其實我很有力氣喔。」

因為不能放著失去意識的諾娜小姐不管，我們中斷購物行程，揹著她返回勇者屋。

「蘿蘿，好像有客人喔。」

勇者屋前站著一位蜥蜴人婦人。

「佐藤先生第一次見到她對吧？那個人是世世代代幫店裡送蠟的蠟燭店老闆娘。」

從沒有攜帶貨物這點來看，會是來推銷或是收款的嗎？

「午安，阿姨。」

「歡迎回來，蘿蘿。不好意思，妳知道我家兒子在哪裡嗎？」

「您是指夏希對吧？這時候他不是應該在死靈術士公會或工作現場嗎？」

「他已經三天沒回家了。我以為如果是青梅竹馬的妳，或許會知道他在哪裡……」

從蘿蘿的表情看來，那個人似乎是不太親密的青梅竹馬。

用地圖搜索找了一下，發現那個人正待在歡樂街的某個角落。好像一大早就和看似同僚的年長死靈術士兩人一起喝酒，已經醉醺醺了。

「雖然不知道那人是不是您的兒子，不過我在歡樂街看到過蜥蜴人死靈術士。」

我把那位兒子喝酒的店名與地點告訴眼前這名不知該如何是好的婦人。

「畢竟是那種地方，我會跟丈夫一起去找看看。謝謝你啊，蘿蘿的先生。」

「阿、阿姨？」

婦人無視打算解開誤會的蘿蘿，快步離開現場。看來她很重視那個兒子。

「——真是的，大家總是馬上就誤會……」

蘿蘿滿臉通紅地生著氣。

不，因為她嘴角有著笑意，看來不是真的生氣。

「話說回來，佐藤先生。」

蘿蘿抬頭望著我看，臉上的笑容有點可怕。

「你是什麼時候去歡樂街的呀？」

雙手叉腰進入姊姊模式的蘿蘿開始對我說教。

看來似乎是亞里沙與蜜雅拜託蘿蘿監視我有沒有拈花惹草。

我先回來的事明明在探索迷宮時才決定，她們究竟是什麼時候提出這種要求的啊。

真是令人畏懼的鐵壁組合……

我讓諾娜小姐躺在勇者屋的長凳上，借用廚房開始進行保存食品的研究。

因為我在迷宮都市賽利維拉時就已經做過保存食品，便透過空間魔法「遠話」一邊向精靈廚師妮雅小姐與正在休息的露露尋求意見，一邊進行作業。

「——像這種感覺嗎？」

今天久違地使用生活魔法「乾燥」來加工素材。這招跟蜜雅的水魔法或亞里沙的空間魔法不同，一不小心就會乾燥到跟鰹魚乾一樣硬邦邦，因此很難控制。

「佐藤，好硬。」

「佐藤，好甜。」

「佐藤，圓滾滾的。」

倉鼠孩子們撿起變得硬梆梆的水果碎屑放到嘴裡。

「我會給你們新的，快點『呸』出來。」

讓倉鼠孩子們吐出掉在地上的碎屑之後——因為最小的倉鼠很貪吃，讓我花了不少力氣——我將新的碎屑分發給他們。

當我開始試吃完成品時，他們一臉期待地盯著我看。

「佐藤，好吃嗎？」

「佐藤，獨占？」

「佐藤，給我？」

「等我確認過安全性再說。」

如此說道的我將試吃品放進嘴裡。

味道還算不錯，但由於太過乾燥，連嘴裡的水分都被吸乾了。看來水分不足的時候還是別吃比較安全。

「之後是量產的方式嗎……」

試吃品有使用魔法。雖然目前是用魔法進行量產，就算為了蘿蘿，遲早得調整成不必使用魔法的方式製作。希望就算我們離開了，也能當作勇者屋的商品上架販售。

「諾娜小姐！」

蘿蘿的聲音從長凳那邊傳來。

諾娜小姐似乎醒了。倉鼠孩子們跌跌撞撞地往她的方向移動，於是我也跟上去。

「哦——你們在裡面啊。」

諾娜小姐胡亂地撫摸倉鼠孩子們的頭。

現在才注意到，諾娜小姐的穿著十分暴露。是因為阿卡緹雅屬於熱帶氣候嗎，她身上穿著纏胸布和短褲，再加上骨頭製成的輕型鎧甲。塗著驅蟲油的肌膚看起來充滿光澤，就像一名勇猛的亞馬遜女戰士。

「——你是誰？」

「我是勇者屋的店員，名叫佐藤。」

因為她提問的表情十分驚訝，所以我用最恰當的方式做了自我介紹。

「是他治好了諾娜小姐的傷，還把妳搬到這裡來喔。」

「咦？真的假的？我很重吧？」

諾娜小姐紅著臉抬頭看向我。

「沒那回事，其實我挺有力氣喔。」

連數噸重的岩石都抬得起來。

「是嗎——總覺得嘴裡甜甜的耶。」

「是因為喝了魔法藥吧，我在裡面加了甜味。」

「魔法藥？難、難不成是嘴對嘴——」

諾娜小姐滿臉通紅地朝我看過來。

「請妳放心，是直接用瓶子倒進嘴裡的。」

「是、是嗎，說得也是。」

諾娜小姐露出帶著安心與失望的複雜表情深深嘆了口氣，意外地很有少女情懷。

「對了，給你魔法藥的錢吧。被隊長踢到肚子的時候還以為要死了，應該是用了很好的藥吧？」

「不，是下級的體力回復藥。」

雖然效果類似一般的中級魔法藥，但那毫無疑問是下級的藥。

只不過是最高品質而已。

「哦——賽柯那傢伙，實力有長進了嘛。」

「不，那個……製作的人是佐藤先生，賽柯先生已經辭職了。」

「是這樣嗎？蘿蘿找到了個好老公呢。我要是再不找對象就快沒人要了，最壞的情況，就算只跟人借種生個小孩也行啦。」

根據AR顯示，諾娜小姐今年二十三歲。依照我的看法，她還不到需要擔心的年紀。

「哎呀，抱歉講了奇怪的話。剛剛的魔法藥我再買五瓶，加上剛剛喝掉的就是六瓶吧。還要十根『帶路蠟燭』和三十份難吃的保存食品。」

「……那、那個，諾娜小姐。」

見諾娜小姐大手筆地下訂單，蘿蘿將剛剛水獺人說要把她踢出隊伍的事講了出來。

「是嗎？反正我原本就打算脫離那個爛隊伍，這下可輕鬆了。」

諾娜小姐看起來不像在逞強地說道：

「剛剛說的東西我都會買。」

「沒關係嗎？」

「嗯，鬼人街那裡似乎出現了大量哥布林。據說公會打算發布緊急委託組織討伐隊，所以就算脫離隊伍也沒問題。」

聽諾娜小姐這麼說，蘿蘿顯得鬆了口氣。

並不是因為能夠確保營業額，而是對諾娜小姐不用流落街頭感到高興。

「既然連像我這種『沒毛的』都能接到通知，大概是通知了所有的餓狼級冒險者吧？畢竟鬼人街很大，哥布林又很擅長躲藏嘛。」

之後才從蘿蘿那裡問到，被稱作鬼人街的樹海迷宮狩獵場，似乎每隔幾年就會發生哥布林大量出現的災害。

「蘿蘿，蠟燭。」

「蘿蘿，保存食品。」

「蘿蘿，稱讚我。」

倉鼠孩子們從倉庫將諾娜小姐購買的商品拿了過來，他們將商品頂在頭上的模樣十分可愛，甚至讓人想拍照放在相簿裡。

順帶一提，因為摔壞會很麻煩，魔法藥都放在櫃檯內側地板下面的收納空間裡。

「──咦？保存食品好像有多耶？」

付錢接過商品之後，諾娜小姐發現了我悄悄放進去的東西。

「那個綁了白色繩子的是試吃品，如果不嫌棄，也請使用這邊的驅蟲藥。之後再告訴我感想吧。」

驅蟲藥是為了與我分頭行動的夥伴們開發出來的。畢竟跟我在一起時有生活魔法「驅除害蟲」嘛。

「難不成是烏夏商會那種貴得要命的保存食品嗎？」

「我想價格應該只會增加兩成左右。」

「喔——那麼重點就是味道了，我會期待的。」

諾娜小姐露出充滿挑戰氣息的笑容離開了店裡。

我將看店的事交給蘿蘿，回頭繼續開發新商品。偶爾也會分心解析卡里恩神送給那個操縱魔巨人的街頭藝人的紙魔巨人魔法、讓倉鼠孩子們試吃新作，或者使用遠話與家庭妖精蕾莉莉爾確認迷宮都市賽利維拉的「蔦之館」地下，悄悄進行的奇美拉復原情況打發時間。

吃完晚餐進行定期聯絡時——

『主人，我們這邊很順利喔。今天出發去城下町遠征，狩獵了大量的陶洛斯。不過因為主人成分已經快用完了，我打算後天回去。』

『知道了，那麼我會事先準備好大餐。有什麼要求嗎？』

『——大家，主人問我們有什麼想吃的餐點喔。』

亞里沙將遠話的內容告知夥伴的聲音傳了過來。

『主人，我有點忙不過來，可以請你依序發送遠話過來嗎？』

看來亞里沙那邊似乎亂成一團。

總之先從年紀小的孩子開始依序接通吧？

『主人！是波奇喲！波奇非常非常努力喲！今天也——』

第一個接通波奇或許是個錯誤。她激動地一股腦講出自己究竟出了哪些風頭，或是吃了什麼美味的食物等各式各樣的話題。

『每天都吃陶洛斯的肉吃得飽飽的喲！不過因為主人做的飯裝在另一個胃，波奇果然還是想吃肉喲！無論是漢堡排老師、牛排、燒肉還是壽喜燒，波奇都非常喜歡喲！光是跟主人在一起，波奇就能吃下三碗飯喲！』

波奇開心的心情傳過來，我也覺得很高興。

接著依序聽完小玉、娜娜、蜜雅、露露和莉薩的要求與她們的近況後結束了通話。

有些材料不夠必須出門購買，而且差不多該去越後屋商會露個臉了，也去看一下小光跟靜香她們的狀況比較好。

我告訴蘿蘿自己要出個門，後天中午才會回來，便趁著深夜用「歸還轉移」前往希嘉王國。依照時差來看，那邊應該正好要天亮了吧。

中場休息

「我是佐藤。無論多麼仔細規劃時間，還是經常遇到無法避免的問題或延誤，導致事情變得忙死人。即使如此，只要決定好優先順序逐步處理，大致上都有辦法解決。」

「早安，天亮了喔。」

我坐在附有天篷的大床上，溫柔地向心愛的人搭話。

雖然我非常喜歡她清醒時光芒四射的笑容，也很喜歡她睡著時毫無防備的側臉。

「……佐藤。」

她微微睜開的雙眼發現了我，接著露出如同花朵綻放的笑容。

可愛到四周有色彩繽紛的花瓣飄散開來一樣。

即使有種想順從慾望直接把她推倒的心情，由於如同衛兵般站在我背後的巫女露雅小姐很可怕，因此我決定仰賴自己高到莫名其妙的精神值貫徹紳士的態度。

「早安，雅潔小姐。」

「早安，佐藤。」

雅潔小姐因為驚訝而醒了過來，拿起棉被遮住自己的臉，接著戰戰兢兢地將棉被拉到眼睛的位置看著我。

「難不成，你看到了我的睡臉？」

「是的，非常可愛喔。」

我老實地說出感想，雅潔小姐漂亮的臉頰頓時泛紅。

嗯，害羞的雅潔小姐比平時更加可愛。

「雅潔大人，負責更衣的棕精靈們已經到了。若是還要花點時間，要讓她們在外面等一會嗎？」

巫女露雅小姐擺出一副膩到不行的表情這麼說道。

「不、不用，讓她們進來吧。」

「我明白了——可以進來了。」

長得像小女孩的家庭妖精棕精靈們靜靜地開門走進來。

所有人見到我都顯得相當訝異，接著紛紛露出像對戀愛話題很感興趣的女國中生一樣的表情，並開始吵鬧。

「好了好了，大家。工作工作。」

巫女露雅小姐拍了拍手，棕妖精們動作俐落地幫雅潔小姐梳起頭髮，並將單薄的妖精絹睡衣給——

雖然注意力差點被雅潔小姐雪白的肩膀所吸引，但我鼓起所有的意志力轉過身去。都忘了精靈跟高等精靈並不介意裸露身體這件事。

我告訴雅潔小姐與巫女露雅小姐自己會在隔壁房間等待，接著走出房間。生長在走廊上的花朵飄來清爽的香氣，洗去了我的煩惱。

我決定將雅潔小姐閃過腦海的雪白肩膀記錄在腦內，直到帶進墳墓為止。

「呵呵，好久沒有一起吃早餐了呢。」

我和心情大好的雅潔小姐一起享用了連宮廷料理都會相形失色的美味精靈料理。不僅每道料理的完成度都很高，能與雅潔小姐一同用餐或許也是一大原因。

「你們如今在哪裡呢？之前說正在內海諸國觀光對吧？」

雅潔小姐洗鍊的舉止非常優雅，令我不禁看得入迷，差點連吃飯都忘了。

「在大陸西南方的樹海迷宮。」

「難不成是為了讓蜜雅她們修行？」

「是的，她們現在也住在樹海迷宮裡面努力著呢。」

「實力都那麼強了，應該足夠了吧？」

雅潔小姐停下叉子偏著頭，這種表情既稀奇又可愛。

「似乎是在巴里恩神國和皮亞羅克王國與強敵戰鬥時感覺自己實力不足。」

我沒有提到跟魔王或「抗拒之物」戰鬥的事。

因為會讓雅潔小姐擔心。

「是這樣嗎？從之前見到蜜雅時的等級來看，感覺以上級魔族為對手也不成問題……」

「再怎麼說也還贏不了上級魔族啦。」

雖然現在能在不喪命的情況下進行戰鬥，但如果想在不犧牲任何人的情況下取勝，依照對手的程度大概要升到六十級後半。若是想澈底確保安全，還是希望能練到八十級。

「呼，真好吃。佐藤，甜點就去世界樹的樹枝上坐著吃吧？」

「真是個好主意，我們走吧。」

我一邊向負責端菜的棕精靈們道謝，一邊搶先一步拿走雅潔小姐打算拿起的水果籃，握住她空出來的手護送她。

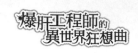

「在世界樹的樹枝上吃甜點，總覺得很奢侈呢。」

「是嗎？這裡有魔力循環非常舒服喔。你看，小精靈們也很開心對吧？」

發動精靈視之後，我發現在散發金色光芒的雅潔小姐身邊，有許多五彩繽紛，如同毛球般的光芒飄浮在空中，並倚靠在她身上。
我看著這幅光景的同時，用術理魔法「萬能工具」製作出來的刀子將水果切開。
「來，雅潔小姐。」
我用萬能工具的叉子叉起一塊水果遞過去，雅潔小姐先是顯得有些害羞，隨後露出燦爛的笑容咬了一口。雖然本來是打算連叉子一起遞給她的，這樣也很甜蜜，實在不錯。
在表情像隨時會吐出砂糖的巫女露雅小姐守望之下，我們享受了一個最棒的早晨。
即使很想順從慾望在這裡待上幾天，但因為還有很多地方得去，我把來自要塞都市阿卡緹雅的伴手禮交給她們之後就離開了。以雅潔小姐為首，喜歡蔬菜的精靈們似乎都非常中意巨大的花椰菜。

◆

「早安，佐藤先生！」
離開波爾艾南之森後，我來到飄浮在南洋上的拉庫恩島。大人狀態的蕾伊用擁抱來迎接我，平常她大多保持消耗魔力較少的幼女型態，真是稀奇。
「早安——主人．佐藤。」

她的妹妹優妮亞看起來有點睏。

用力打哈欠倒無所謂，但因為她身上的睡衣快要撐開了，於是我悄悄地用「理力之手」幫她整理。

「早安，蕾伊、優妮亞。」

我向她們打招呼，並將伴手禮的巨大花椰菜以及在要塞都市阿卡緹雅買的小吊飾送給她們。因為蕾伊不能接觸任何瘴氣，所以這些伴手禮我都澈底淨化過了。

「我準備了早餐，一起吃吧。」

「謝謝，我就恭敬不如從命了。」

雖然已經在波爾艾南之森吃了很多東西，但被兩人用那麼燦爛的笑容邀約，我當然不可能拒絕。

就搭配兩人的笑容一同享用這分量十足的南國料理吧。

「佐藤先生，請你看一下這個。」

飯後的喝茶時間，蕾伊將一綑綁著繩子的紙遞給我。

標題的文字吸引我的目光。

——關於天護光蓋的小型化。

這是我過去斷言不可能做到的事。

「蕾伊，這個是？」

我忍不住發出了興奮的聲音。

「因為需要特殊的寶石，還不清楚能不能夠實現……」

蕾伊表情不安地捏起了伸出的手指。

她說的寶石似乎是眾神賜予的神石。在**八種**神石中，有兩種我已經得到了。就是在「抗拒之物」那起事件中，卡里恩神與烏里恩神給我的報酬。

雖然要實現原本的機能必須有八個寶石，但就算只有一、兩顆，如果是一輛汽車左右的體積應該能做得出來。因為消耗的魔力有點大，要是不增設聖樹石爐，想要裝在黃金裝備上大概很困難吧。

「能幫上佐藤先生的忙嗎？」

「當然幫得上！非常有用喔！謝謝妳，蕾伊！」

我將蕾伊緊緊抱住，原地轉圈跳起舞來。

這麼一來，感覺就能將一直都裝在艦艇上、無法小型化的「堡壘」機能防禦增強版——「城堡」機能加裝在黃金鎧上了。不，不僅如此，或許還能讓性能比艦載版強上好幾倍也說不定。

在拉庫恩島暫時與蕾伊聊了一會紙上的內容之後，我依依不捨地向她們道別，隨即前往希嘉王國。

◆

「「「庫羅大人，歡迎回來！」」」

我前往希嘉王國王都的越後屋商會露個臉，立刻就被商會幹部們發現，並得到了熱烈的歡迎。

室內的格局有所改變，房間大小和幹部數量都增加了一倍。

根據報告，似乎也有男性被採用為幹部，不過好像不是在這裡值勤。

有著華麗金髮的美女掌櫃艾爾泰莉娜，以及具備寧靜美貌的銀髮美女掌櫃秘書蒂法麗莎從隔壁的掌櫃室走了出來。

「「庫羅大人，歡迎回來。」」

兩人站在一起美得就像一幅畫。而且她們並不是空有職位的代表，而是將越後屋商會壯大成希嘉王國屈指可數大商會的實力派。

「告訴我近況。」

我意識著庫羅的冷酷角色形象開口說道。

老實說，我想早點回去開發能使用在黃金鎧上的「城堡」，但我不能這麼做。因為社會人士應該把興趣放在工作之後。

我將內心的遺憾拋諸腦後，將注意力轉到掌櫃她們身上。

「我們增加了幹部的人數，正確來說還是儲備幹部，預計將在半年後正式將他們登錄為幹部。」

掌櫃這麼說完之後，向我介紹了追加招募的儲備幹部們。

雖然大部分是王立學院或正規學校出身的才女，不過白手起家的商人和私塾出身的學者也不少。或許是這個緣故，幹部的平均年齡大約增加了兩成。

「為了回饋利潤，本商會仍持續拓展事業，今後也想繼續增加招募儲備幹部。」

「是嗎，教育方面來得及嗎？」

畢竟速成可能會導致員工教育不夠完善。

「那方面十分順利，我們依循橘顧問送來的教育方針培養儲備幹部。儘管也有貴族的暗樁，不過我已經設法讓那些人被派往各地的分店，或是參加新的開拓事業，請您放心。」

由橘顧問——亞里沙製作的教育指南似乎派上了用場。

掌櫃的話到此告一段落，接著換蒂法麗莎站出來。

「由路克拉團長率領的十三艘商船團，已經按照預定離開塔爾托米納的港口前往巴里恩神國了。」

冰山美人蒂法麗莎露出了自豪的表情。

這裡採用的是將巴里恩神國的多布納夫樞機卿與佐藤之間締結的交易契約，委託給越後屋商會的形式。而交易時必須的「巴里恩神的燈火」跟神官，我已經用「歸還轉移」將他們從巴里恩神國送到塔爾托米納。

「不過似乎有五艘貴族與商會的商船聽到傳聞之後，混進了我們的船團。」

「沒問題嗎？」

「我們的船團在『巴里恩神的燈火』的保護下能不被魔物攻擊，他們應該是為了利用這點吧。」

「就算真的遭到襲擊，本船團也不會受到影響。他們應該也是在知道風險的前提下展開行動，因此無須在意。」

掌櫃和蒂法麗莎語氣平淡地說道。

意思是不需要同情採取不公平行動的人吧。

接著負責處理移民的幹部女孩站了出來。

「關於移民前往穆諾伯爵領的事，託了羅特爾執政官先跟歐尤果克公爵及王國政府打點關係的福，本次移民將能使用東方航路與北方航路剛啟用的大型飛空艇。」

「哦，那還真令人高興。」

東方航路是開拓已久，往來於王都、公都和加尼卡侯爵領首都的航線。北方航路則是連接聖留伯爵領和王都的新航線。

「作為交換條件，預計要交付給王國政府的小型飛空艇二號機似乎不會送往穆諾伯爵領，而是優先借給聖留伯爵領。」

掌櫃向我講述了事情的內幕。

原來如此，在聽小光解釋時還有點聽不太懂，不過潔娜小姐返鄉一事告吹的理由原來是移民計畫啊。也許我做了件對不起她的事呢。

接下來是王都及周邊都市各項事業的報告。

雖然除了福利事業之外也有幾個虧錢的部門，但那些部門的目的都是投資研究或者援助所以無所謂，畢竟其他部門賺了不少錢嘛。

國內事業的話題結束，接著來到外國的話題。

「巴里恩神國分店的美麗納送來了報告與幾項要求。」

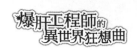

「要求？」

「是的。表示希望能增加僱用當地人的名額，並且將砂人的民俗藝術品加到與希嘉王國貿易的清單上。」

「准了，一開始就算賺不到錢也無所謂。」

我看了看美麗納送來的報告書。

她好像賣掉了我用轉移運過去的貨物，藉此得到莫大的利益以及和內海諸國之間的交流管道。真是既優秀又可靠。

「此外，她還提出意見，為了能夠直接從內海諸國購買商品，想要幾艘短距離航行用的船隻。」

「要跟多布納夫樞機卿競爭，不覺得還太早嗎？」

「是的，我也這麼認為。」

總有一天跟他競爭是無所謂，但我認為還是彼此共享初期利益比較好。

「潘德拉剛子爵所委託的，籌備羊和山羊送往庫沃克王國的任務平安完成了。負責這項任務的柯斯特娜正在周遊中央小國群，預計在各個國家的首都設立越後屋商會的辦公室。」

「她不打算回來一趟嗎？」

畢竟要是出差時間太長會產生壓力嘛。

「這是她本人的希望。內亂尚未平息的優沃克王國已從名單上剔除，請您放心。」

「這樣啊。」

總覺得越後屋商會的幹部女孩們都很像工作狂呢。

「魯娜希望能去比斯塔爾公爵領，但我以那裡內亂後治安惡化為理由拒絕了她。」

「嗯。」

因為那些參加叛亂的騎士與士兵們，應該也有人淪為了盜賊。

「外勤的報告就是這些嗎？」

「不，還有一件。您過去提到的先遣商隊已經派出去了。」

這麼說來還有這件事。之前我為了設立分店，預計派人去東方的席路加王國、馬其瓦王國，以及北方的卡佐王國與沙珈帝國調查。

「護衛方面沒問題嗎？」

「是的，我們僱用了數名祕銀級的探索者，只要不遇到龍或魔族便沒問題。」

希望妳不要說這種不吉利的話。

事業相關話題結束，接下來是研究開發的話題。

「那小子交給我們的博士們現在狀況如何？」

我確認自己在卡利索克市發掘並提供贊助，以變形博士喬潘特爾先生為首的那些研究非主流內容的博士們的近況。

「他們正幹勁十足地進行活動。」

「那幾位博士都將工房設立在賈哈德博士的工房附近展開研究。在葵的介紹下，他們似乎經常和賈哈德博士進行交流。」

蒂法麗莎詳細補充了掌櫃的報告。

「搭載賈哈德博士新設計的空力機關的超高速飛空艇，實現了比以往快三倍的上升與飛行速度，但由於目前的魔力爐出力不足，以至於未能實用化。」

「是嗎，之後我去露個臉吧。」

他們還是老樣子一直在進行魔改造呢。

去工廠和直營店露臉時順便看一下吧。

「還有其他事情嗎？」

「希嘉八劍的盧歐娜大人還是老樣子，每隔幾天就會來找庫羅大人。」

掌櫃表情有些困擾地說道。

——難不成希嘉八劍其實很閒嗎？

「最近這裡被當成希嘉八劍的專用商店，武具賣得很好。」

負責武具販售區的幹部女孩帶著燦爛的笑容補充報告。

算了，既然對營業額有幫助，放著不管也沒關係吧。畢竟好像也不是什麼重要的事。

接著我前往直營店的賣場稱讚了紅髮的妮爾她們，參觀不知何時擴建了一倍的工廠，聽波麗娜吐苦水並鼓勵她，之後又去視察警備部門的斯密娜大姊部隊進行的實戰訓練，最後前往熱鬧的工房區域。

明明理應很忙，但不知為何這段期間掌櫃與蒂法麗莎一直跟在我身邊。

「為什麼啊！為何要中途停止新型推進機關！」

「就說要求的輸出功率太大了嘛！」

博士們圍繞著外表看似美少女的日本人轉生者葵少年進行討論。

「葵少年，這裡就試著採用老夫設計的雙引擎魔力爐怎麼樣？」

「前陣子不是才剛因為同步失敗導致爆炸引起騷動嗎！」

「把魔力爐拆開，從頭開始組裝不就好了？」

「博士只是想分解而已吧！」

「配合速度，讓飛空艇的框架變形如何？」

「駁回！不是說過沒有能用來變形的魔力了嗎！」

看來葵少年負責吐槽以及主持會議。

以旋轉狂賈哈德博士和變形博士喬潘特爾先生，還有爆發博士與分解博士為首的倒楣博士們正熱烈地交換意見。

放在他們附近的新型飛空艇上加裝了變形機構與經過特殊加工的裝甲，隨興地做了各式各樣的魔改造。

「啊！庫羅大人！」

葵少年注意到我之後，用力地揮手。

「庫羅閣下！能給老夫幾個備用的框架和魔力爐嗎？大家肆意改造過頭，變得無法收拾了。」

「沒問題。也有備用的空力機關，隨便你用。」

我這麼跟他約好，接著依序觀看他們魔改造的內容。

每項改造都很有趣，其中以變形博士喬潘特爾先生和懶惰博士凱巴先生製作的座位自動脫離裝置最有趣。是一種會自動將駕駛員繫上安全帶固定在椅子上，接著在椅子周圍展開保護殼將座位發射出去的機構。

「能夠實際應用嗎？」

「還遠遠不行，只製作到發射之前的步驟。」

「放上測試機的人偶變得四分五裂。」

自動繫上安全帶的點子真不錯。

我雖然能透過快速更衣技能來變身，但夥伴們在遇到緊急情況時更換裝扮很花時間。要是能像週日早上的動畫或特攝片一樣，用指令來換裝就完美了。

聽完兩位博士的說明之後，我大致理解其中的機關以及所需要的材料。

我將以前製作的降落傘送給他們兩位，當作情報的回禮。

「哇——是庫羅大人耶——」

伴隨著輕快的聲音，一名嬌小的女孩子抱到我身上。

是石狼女孩魯娜，既然她身上還穿著旅行服裝，應該是回到王都就立刻過來見我了。

「魯娜！妳對庫羅大人很沒……沒禮貌喔！」

「說得沒錯！魯娜，快放開！」

魯娜被一臉焦急的掌櫃與眼神彷彿能將篝火凍結的蒂法麗莎拖了下來。

——咦？

是我的錯覺嗎？博士的人數增加了。

「魯娜，這位是？」

「那個人是浮游石的研究員，是我找來的！」

他原本似乎在沙珈帝國的研究所任職。但是因為遲遲拿不到經費，導致無法購買資材才離職。

「——浮游石？」

「嗯，聽說是一種浮在空中的石頭。」

這麼說來，波爾艾南之森好像也有吧。印象中有很多石頭浮在修練精靈視的瀑布旁邊。

「魯娜，和庫羅大人說話要用敬語。」

「是～我忘——忘記了？應該沒關係吧，庫羅大人？」

大概是指聘用博士的事吧。

「無妨。我對浮游石這種石頭有印象，之後拿到會帶過來。」

畢竟那裡到處都浮著許多巨大岩石，分一點應該沒關係吧。而且正好也能當作去見雅潔小姐的理由。

「真的嗎？說起浮游石，據說那可是只有沙珈帝國北方的大怪魚巢穴才會有的稀有礦物喔？」

原來在沙珈帝國北方，大怪魚托布克澤拉的巢穴裡面有嗎？真是不錯的情報。

不過鯨魚肉還留有完整六隻的分量，目前不需要補充就是了。

「你們已經研究出浮游石是透過什麼原理浮在空中了嗎？」

「推測與石頭裡存在的細微闇石粒子有關，由於樣本數過少，研究遲遲沒有進展。」

因為沒有現成的浮游石，於是我提供闇石給博士。

接著我在工房區域的空地拿出了三艘用來製作小型飛空艇的備用框架，以及數種大小不同的魔力爐。這些魔力爐是之前在南洋打撈到，還有從海賊手上搶來的。

「如果是這種大型魔力爐，或許出力就足夠了。」

「這麼重的不可能裝得上去吧？」

「但是，新型的推進機關無論如何都需要高出力的魔力爐。」

話說回來，他剛剛好像也這麼講過。

「要試試看這個嗎？」

「這個是？」

「蒼幣。」

「是維持孚魯帝國的『賢者之石』嗎！」

「沒想到竟然有能親眼見到的一天！」

其他博士們紛紛聚集到高舉蒼幣的賈哈德博士身邊。

雖然也能給他們聖樹石爐，但與其給這些博士完成品，感覺這麼做比較能催生新的發現或發明。

由於每個博士都興致勃勃地開始專注研究，我便帶著魯娜她們返回越後屋商會總店。

包含慶祝魯娜返鄉的午餐會因為參加人數大幅增加，導致人行道上也堆滿人潮而擠得水洩不通。要是蒂法麗莎沒有事先知會衛兵值班室與鄰居，事情或許會變得很麻煩也說不定。能幹的秘書真是難得呢。

◆

把越後屋的事搞定之後，我前去與小光見面。

似乎因為天還亮著，她在位於王立學院附近的宿舍前開心地打掃。

「小光，最近還好吧？」

畢竟不能用庫羅的模樣與她碰面，我以一副只戴著假鬍子的隨興打扮來到小光面前。

「咦？一郎哥？是一郎哥耶！一郎哥！」

小光用出乎我預料的氣勢抱了過來。

我有些不知所措地接住她，接著察覺到自己犯下不得了的錯誤。

「抱歉，小光。我是佐藤，不是**妳的鈴木一郎**。這只是變裝。」

我脫下假鬍子，將自己不是小光一直想要再見，她所在的那個世界的「鈴木一郎」這件事告訴她。

「——咦？怎麼會，怎麼可以這樣啦！」

我抱住嚎啕大哭的小光。

就算打算變裝，我也應該選用其他方式才對。沒想到她的一郎竟然有鬍子啊。

「發現壞人——！」

「不准弄哭我們的房東！」

身後傳來小孩子們的聲音，我的屁股被人踢了一腳。

或許是我的耐力值很高的緣故，踢人的小孩子們反而抱著腳踝蹲在地上。

再這樣下去可能會被發現我是佐藤，於是我隨便找個面具遮住長相。

「放開小光老師！」

在遠處觀望情況的孩子們這麼對我說道。

我對他們有印象，是從迷宮都市賽利維拉的私人孤兒院來到王立學院幼年學校留學的孩子們。其中也包含了從巴里恩神國救出來的轉生者大吾。

這麼說來，剛剛蹲在我腳邊的其中一人——女孩子是跟大吾一樣失去獨特技能的轉生者小千夏。最後一次見面時明明還很虛弱，多虧了下級萬靈藥與靜香的照顧，現在看起來很有精神，實在是太好了。

「大家，沒事的。房東小姐我很有精神呢！」

小光擦掉眼淚，為了讓孩子們放心而刻意露出笑容。

孩子們似乎也明白她是在逞強，但顧慮到小光的心情，孩子們並未點破，而是牽著小光的手走進了宿舍。

因為覺得很尷尬，於是我也暫時離開現場，變身成潘德拉剛家的御用商人亞金多之後再回來。

「是亞金多先生！」

「第一次看到你來這裡呢。」

「今天的伴手禮是什麼？甜食？還是肉？」

孩子們圍了上來。因為這是我第一次與大吾和小千夏見面，他們開口向其他孩子問道：

「這個人是誰？」

我將伴手禮交給孩子們，接著走向小光所在的管理員室。

「一郎哥，剛剛那麼失控真的很對不起。」

「該道歉的人是我，抱歉做了這麼粗線條的事。」

「你不是故意的吧？畢竟是連我都能看得出來的變裝嘛。」

「不，妳說得沒錯。實在非常抱歉。」

雖然小光說得沒錯，但弄哭她也是事實。我深深低下頭的同時不斷地道歉。

「就說沒關係了。畢竟巴里恩神也保證過，我能夠見到我的一郎哥——所以這件事情就到此為止！」

小光用力拍了一下手，強硬地結束話題。

看來還是別繼續提這件事比較好。

「比起這個，沙珈帝國與巴里恩神國送了親筆信給賽提喔。」

小光口中的賽提是希嘉國王的暱稱。

「既然是來自那兩個國家的親筆信，那麼內容是我協助討伐魔王的事嗎？」

「嗯，就是這樣。說是『與勇者兩人合作討伐魔王的英雄誕生了！』在王宮引起了騷動呢。」

——真的假的。

「說是兩個人，隼人的隨從們和黑騎士跟聖劍使也在場耶？」

「嗯，雖然公文上寫的是感謝你協助勇者一行人的事，但有個擔任隨從，名叫琳格蘭蒂的公爵千金好像寄了一封寫著一郎哥大顯身手的信過來。信上的內容似乎已經以歐尤果克公爵領的貴族們為中心傳開了。」

……琳格蘭蒂小姐，妳幹了什麼好事啊。

詳細問過之後，發現是貪吃鬼貴族羅伊德侯爵與何恩伯爵努力四處宣揚的結果。既然是他們兩個，大概是基於好意做出的行動吧……

「放心吧，我沒說出你們在要塞都市阿卡緹雅的事。賽提他們是向西方諸國的大使們發出了命令佐藤回國的書狀。」

因為要是收下書狀，我就必須返回希嘉王國了。決定前往樹海迷宮實屬僥倖。

「總而言之，我會寫份內容不痛不癢的報告書給宰相與穆諾伯爵。」

也寄信給迷宮都市賽利維拉的太守夫人，以及在王都社交界擁有極大的影響力、同時也是夫人朋友的艾瑪·立頓伯爵夫人，請她們幫忙平息這個傳聞吧。幸好我在西方諸國得到了許多她們會喜歡的裝飾品和美術品，禮物要多少有多少。

「話說回來，大吾跟小千夏好像也來這裡了？」

「大約從三天前開始讓他們去幼年學校試讀。畢竟靜香也說想讓孩子們去上學，而且他們兩個也對學校很感興趣。」

「嗯——有問過他們轉生前的事嗎？」

「大吾大概是高中生，小千夏好像是小學高年級。」

「說得還真不確定呢？」

「這是因為——他們兩個都說記不太清楚了。」

依照小光的說法，大吾和小千夏自從失去獨特技能之後，前世的記憶似乎就變得越來越模糊了。

「這件事情不能在靜香面前提起喔，她會在意的。」

「知道了，我不會說的。」

就算是被人強迫，她依然對奪走兩人獨特技能的事感到內疚。

靜香是個內心纖細到光是憂鬱跟感到壓力就會魔王化的人，所以不能在她面前亂講話。

「靜香過得還好嗎？」

「嗯，很有精神喔。因為她說想養狗，我便跟賽提要了一隻可愛的小狗。現在她正致力於照顧小狗與創作活動呢。」

既然有了熱衷的事，那就沒時間煩惱了吧。

「你去跟她見個面嘛。因為她吩咐我在大吾和小千夏習慣這裡之前別讓他們回去，所以她能見到的人只有我。」

「知道了，我這就去。」

我搭乘小光的馬車前往她的住處光國公爵邸。

為了不讓車夫聽到，我用魔法「密談空間」隔絕聲音並重新開始交談。

「妳知道迷宮都市組的近況嗎？」

「她們定期都會進行新人訓練喔。小卡麗娜跟小潔娜的等級都已經超過四十，小愛汀跟她的姊妹們也快要來到四十級了。」

「那還真厲害。」

姑且不論作為聖留市魔法兵接受過許多訓練的潔娜小姐，連在穆諾男爵領遇見我們之後才開始訓練的卡麗娜小姐都能突破四十級還真厲害。雖然她擁有「具有智慧的魔法道具」拉卡的鐵壁防禦和強化，但還是相當驚人。

也把姊妹們的成長告訴娜娜吧。

「卡吉羅感覺快要接近五十級了。小綾女、小伊魯娜跟小捷娜的等級也都超過了三十，潘德拉的孩子們之中，等級最高的孩子也快要到三十級了。」

在迷宮都市賽利維拉的探索者學校擔任老師的沙珈帝國武士卡吉羅先生和女忍者綾女小姐、原本擔任探索者的資深教師伊魯娜和捷娜，以及探索者學校的畢業生「潘德拉」似乎都在努力。

在我聽著他們各自大顯身手的故事時，馬車抵達了公爵宅邸。

因為不想讓小光傳出奇怪的傳聞，我用快速更衣技能假扮成很像小光的女性商人朝她的房間走去。雖然車伕嚇了一跳，但我並未加以理會。外表長得像小光，是因為女性樣貌的變裝面具只有參考小光的長相製作，用來讓勇者無名使用的那個而已。

小光先這麼聲明，便將葛延先生與犯罪奴隸部隊紫隊一同出發前往碧領的事情告訴我。為了安全起見，他的夫人跟女兒似乎會繼續留在離宮生活。

我與小光一邊聊著這些話題，一邊前往祕密基地。

「對了，我忘了說——」

「下次我可以找小天過來嗎？」

小天——天龍嗎？

「是沒關係啦，不過希望是分身而不是本體喔。」

「啊哈哈，那當然。要是本體來了，這附近的樹木會全部折斷，很麻煩嘛。」

畢竟天龍很大隻。

我們沿著泉水邊朝靜香的家走去。

「小光知道白龍的棲息地嗎？」

「白龍？若是白色的成年龍，勇者時代我在沙珈帝國的北邊見過。龍之谷裡也有很多，只要肯找應該就找得到吧？」

真遺憾，光用白龍這個稱呼無法分辨啊。

我們聊著聊著就來到靜香家，小光按下了門鈴。

急促的腳步聲傳來，門從內部被人用力推開。

「小光！快看！是新作喔！」

伴隨著比平時更興奮高亢的嗓音，一份畫著裸體男性互相擁抱的原稿被塞到我眼前。

嗯，就是所謂的ＢＬ。

「靜香，不行！」

「──咦？哇啊，佐藤先生？」

發現遞出原稿的對象是我之後，靜香慌慌張張地將原稿藏到背後。

雖然覺得已經太遲了，不過比起這個──

「靜香，快遮起來！一郎哥也把頭──已經轉過去了呢，真不愧是你。」

透過空間掌握技能傳達給我，靜香毫無防備地穿著內衣跑出來，現正驚慌失措地在原地打轉的事情。

「讓你看到這麼差勁的東西真抱歉不是這樣的我是在畫原稿不是在自我安慰只是覺得穿衣服很麻煩忘記自己沒穿衣服了對不起請別誤會這是因為畫的角色全裸所以自己該裸體的那種咦我在說什麼啊總之是誤會啦！」

靜香連珠炮似的加以辯解。

嗯，這樣真難聽懂，妳至少換個氣嘛。

「靜香，不必解釋了，先穿衣服。啊──妳又沒吃飯顧著畫原稿了吧！」

「我有好好吃飯啦，雖然是保存食品。我可是有好好餵汪太吃飯耶。」

與小光說話的靜香語氣有點像小孩子。

我在玄關一邊隨興地聽著兩人感情融洽的對話，一邊等待靜香換好衣服。此時有隻小狗快步跑來舔我的手，是一隻毛有點長，類似吉娃娃的狗。

小狗用頭摩擦著我的手，我拿起梳子幫牠梳毛並且等了一會，屋子裡開始傳來收拾東西的聲音。

「要幫忙嗎？」

「不用！沒關係的，請你再等一下！」

「啊哈哈──就算是為了保護少女的尊嚴，一郎哥就在外面稍微等一下吧。」

我很擅長收拾髒亂房間。就我所知，小光的房間其實也挺亂的。

算了也罷。只要跟這隻名叫汪太的狗玩球，時間一下子就過去了。

之後我在收拾完畢的房間裡做了晚餐請小光與靜香吃，也幫汪太做了給幼犬吃的食物。

回去之前收到了同人誌，說是要給亞里沙的伴手禮。靜香表示：「絕對不能打開喔，我們約好了。」甚至還跟我打勾勾。但她就算不那麼做，我也沒興趣偷看。

返回要塞都市阿卡緹雅後，我用遠話將伴手禮的事告訴了亞里沙，她立刻吵吵鬧鬧地說著：『我想快點看！』於是我用魔法「物質傳送」將書送過去。

另外，因為對教育不好，莉薩與蜜雅向亞里沙提出了別在波奇、小玉跟娜娜附近看的要求。即便興趣是個人的自由，不過這對小孩子可能還太早了。

新產品

「我是佐藤。不光是遊戲開發，最初的企畫書與成品經常會有所出入。雖然也會因為上層的想法進行更動，但大多數都會像被河川的水流磨礪的石頭一樣，逐漸研磨成漂亮的模樣。」

「佐藤先生，請用茶。」

當我在勇者屋裡面調和魔法藥時，蘿蘿端了一杯用井水冷卻過的香草茶過來。

「謝謝妳，蘿蘿。不好意思，能再追加七人份嗎？」

我這麼說完的同時，店門「砰」的一聲打開了。

「我回來了——！」

「回來了～」

「回來了喲！」

以亞里沙為首的夥伴們發出充滿精神的聲音走了進來。

「是主人喲！」

「發現～」

波奇和小玉以如同縮地的速度抱向我的臉。

我溫柔地接住蹦蹦跳跳地撲向我的兩人。

>得到了「軟氣功」技能。

雖然我有意使用遁逃技能，但或許是幾乎不動地接住她們的緣故，我得到了新的技能。

不是「軟功」技能讓我有些在意，還是別管這種小事了。因為感覺很有趣，我分配了技能點數讓技能產生作用。

「主人主人～」

「補充主人成分中喲！」

小玉和波奇的頭用力地在我身上磨蹭，比平時更加熱情。

看來覺得寂寞的人不是只有我。

「佐藤。」

蜜雅慢慢地走過來握住我的手，臉上露出笑容。

「我也來補充主人成分，我這麼告知道。」

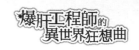

娜娜從身後抱了上來。因為她身上還穿著白銀鎧，突起部分壓過來讓我覺得有點痛，就集中使用魔力鎧技能防禦一下吧。

「之後希望能幫我補充魔力，我這麼懇求道。」

「當然可以。」

我欣然同意了娜娜面無表情地抬起頭撒嬌的要求。

「啊哈哈，我也來補充主人成分吧～」

「那麼，我也要。」

亞里沙笑著抱住我，露露則有些拘謹地靠在我身上。

感覺今天大家都很愛撒嬌。即使莉薩一本正經地站在一旁，尾巴卻很不安分地甩動，於是我張開空著的手對她說聲「過來吧」把她叫過來。

「感情真好呢。」

蘿蘿雖然驚訝，但還是露出微笑。

「蘿蘿，一起～」

「蘿蘿，感情好～」

「蘿蘿，喜歡。」

或許也受到了夥伴們影響，倉鼠孩子們抱住蘿蘿的腳。

◆

「『城堡』的情況如何？」

等夥伴們都滿意之後，我開始聆聽大家的狀況。

蘿蘿正在看店，除了年紀最小的倉鼠被娜娜抓住之外，其他倉鼠孩子都在蘿蘿身邊。

「我想想～講得直接一點就是爭奪獵物的情況很激烈吧。」

「是這樣嗎？」

「系。」

小玉一邊舔著棒棒糖，一邊用複雜的表情點了點頭。

「不過小玉有好好把獵物抓過來喲！」

「啊哈哈，畢竟因為做過頭，讓附近的隊伍哭著說出『拜託妳們去其他地方狩獵吧』這種話了嘛。」

「喵～」

小玉趴倒在桌子上。

應該是因為太過專心爭奪獵物，忘記手下留情了吧。

「總覺得『城堡』附近的獵物應該很多才對……」

「普通的陶洛斯跟面子豬才是爭奪對象，另外遇到領隊率領的小團體或徘徊的冠軍時，能夠方便躲藏的地方也搶得很激烈。會在野外積極狩獵小團體的只有泰格先生他們與另一組金獅子級的人而已。」

「不是會以堡壘為據點嗎？」

「在狩獵複數小團體或是整群的陶洛斯騎士時才是那樣。對實力沒自信的冒險者似乎會用打帶跑的方式對付三隻左右的低等級魔物，應該是覺得若不這麼做獵物會不夠吧。」

原來如此，就像大型多人線上角色扮演遊戲的狩獵場那樣啊。

「會積極跟強者交戰的冒險者，都有像死靈術士使役的不死者陶洛斯或是土魔法使操縱的魔巨人擔任肉盾，我這麼告知道。」

「也有能使役大型古代陸獸的訓獸師呢。」

原來如此。看來只有具備可消耗肉盾的隊伍，才能正面與陶洛斯集團交戰。

「因為情況就像這樣，所以我們在人煙稀少的地方尋找小團體或騎士集團進行狩獵。」

「對付騎士是使用壕溝或岩石製成的拒馬來戰鬥，我這麼告知道。」

「嗯，格諾莫絲，優秀。」

原來如此，是讓蜜雅的土精靈挖出壕溝，藉此來狩獵被擋住去路的陶洛斯騎士或下方的迅猛龍型古代陸獸啊。

「**迅猛龍**的肉像雞肉非常美味。我們帶了很多回來當伴手禮，之後請主人好好品嘗。」

「謝謝妳，莉薩。」

從表情上來看，莉薩似乎非常喜歡迅猛龍的肉。烹調時多花點心思吧。

「面子豬非常多汁～」

「脂肪很多有點油膩，我這麼告知道。」

「面子豬的脂肪非常甜，很好吃喲？」

「我沒有否定味道，我這麼告知道。」

原來如此，面子豬的脂肪很豐富呢。

「瘴氣，麻煩。」

「要去除瘴氣的確很花時間呢。」

「是的，露露。在戰鬥後對聖碑進行魔力補充相當辛苦，我老實地告知道。」

面無表情的娜娜散發出疲憊不堪的氛圍。

所有的面子豬似乎都帶著濃厚的瘴氣，至於陶洛斯則是越高階的種類瘴氣就越濃，而肉也越硬。

「冠軍的筋只有莉薩小姐咬得動。」

「非常有嚼勁，實在很美味。」

「喵～」

「對波奇來說有些纏難喲。」（註：波奇把難纏講反了）

「因為味道很不錯，下次就用壓力鍋煮到軟爛為止吧。」

露露摸了摸一臉不甘的小玉和波奇的頭這麼說道。

「總之由於過度濫殺，『城堡』牧場區域的魔物數量少了很多，因此下次遠征我們打算去城下町。」

「記得要照那個獅子人老手所說，別靠近內牆附近喔？」

「就說知道啦，畢竟我們也不想成為暴動的原因嘛。」

亞里沙她們就算跟隊長率領的精銳部隊正面交戰應該也能取勝，還能使用空間魔法「迷宮」或「轉移」甩掉牠們，但沒必要冒多餘的風險。

「要是真的發生暴動，別想著靠自己解決，記得來拜託我或是周圍的人喔。」

「嗯，就這麼辦。」

因為要是逞強的話會很危險，我事先這麼叮嚀她們。

畢竟只要連發聚光雷射或爆裂魔法，就算場面失控也能搞定。

「裝飾品。」

「啊，對喔。」

被蜜雅提醒之後，亞里沙從裝戰利品的「魔法背包」接二連三地拿出了裝飾品。

每一樣都是結實且沉重的金屬製品或骨製品，似乎還有看似用人類頭蓋骨製成的。

「這些都是騎士的指揮官或城堡附近領隊身上的裝備。因為很像詛咒道具，所以我沒有調查裝備性能。」

「只是瘴氣很濃而已，好像只有這個附頭蓋骨的裝飾品受到詛咒。」

從AR顯示的詳細情報來看，它會讓裝備者得到名叫人族殺手的對人特攻效果。一旦人族或獸人裝備，就會受到詛咒陷入虛弱狀態嗎？

「其他就只有當作金屬素材或寶石本身的價值吧？」

畢竟就算讓身材高大的獸人裝備大概也會覺得很重，更重要的是想找出喜歡這類物品的人也很麻煩。

「聽泰格先生他們說，拿去公會好像能得到獎金喔。」

「說不定也對升級冒險者證有幫助呢。」

這座要塞都市阿卡緹雅，似乎也跟迷宮都市賽利維拉一樣會強制收購魔核。

畢竟魔核是重要的戰略物資，這也是沒辦法的事。

「根據泰格先生的說法，陶洛斯的角還有皮似乎能夠高價賣出。雖然肉也能賣，但因為

『魔法背包』裝不下，聽說大多會在堡壘裡處理掉或是燒掉。」

「我們也因為狩獵過頭導致『魔法背包』放不下呢。即使後來是用我的『萬納庫』來搬運，但因為內部空間過度擴大導致得一直消費大量魔力，有點吃不消呢。」

亞里沙的「萬納庫」明明能夠輕鬆裝下小型飛空艇，會講這種話真是稀奇。

數量真的那麼多嗎？

「要是沒有蜜雅的冰精靈幫忙冷凍，肉或許在帶回來之前就會壞掉也說不定。」

「冰精靈？」

「嗯，芙拉烏。」

因為很感興趣，我向蜜雅說：「下次也讓我看看吧。」拜託了她。

「那麼，我開始回收嘍。」

我們來到中庭，將「理力之手」伸進亞里沙的「萬納庫」開始回收陶洛斯等冷凍保存的魔物屍體。

光是陶洛斯就有上百隻，全部加起來超過了一千隻，要吃完感覺得費一番工夫。算了，畢竟陶洛斯的味道像牛肉，應該不愁沒地方用。也能拿來量產牛肉乾。

「既然能在這麼短的時間內升級，『城堡』是個好狩獵場呢！」

「唔，追不上。」

蜜雅露出不甘心的表情，我輕拍她的頭並將她抱過來。

儘管每個人都升了一級，由於只有蜜雅的所需經驗值比較高，她依然比其他孩子低上一級。從經驗值的增加幅度來看，感覺蜜雅升到五十七級之前，其他孩子就會先升兩級變成五十九級了。

畢竟不能在城堡內牆的內側提升等級，必須找個能夠調整等級的地方才行呢。

正當我想著這種事的時候，波奇跟小玉的肚子咕嚕嚕地響了起來。

「喵嘿嘿～」

「看到肉，肚子就餓了喲。」

「雖然還有點早，來開個慶祝平安歸來與升級的宴會吧。」

夥伴們用歡呼聲同意了我的提議，於是我們將蘿蘿和倉鼠孩子們也叫過來，舉辦了盛大的宴會。

料理已經事先準備好，所以只要準備場地就行了。由於勇者屋沒有夠大的餐廳，因此我們在中庭鋪上大型地毯當作場地。

「哈嗯哈嗯哈嗯～」

「果然主人的漢堡排是最強的喲！」

「陶洛斯的筋也很好吃，但敵不過主人的烤雞肉串。」

獸娘們愉快地享用肉料理。

「蘿蘿小姐，味道怎麼樣？」

「每道菜都很好吃，不過第一名是漢堡排！雖然肉料理在阿卡緹雅並不稀奇，不過我還是第一次吃到這種叫漢堡排的料理。美味程度跟碎肉丸完全不同，嚇了我一跳呢！」

「這是將兩種肉用絞肉機切碎之後製成的。只要用矮人村落製作的絞肉機，就能做出滑順的絞肉喔。」

「是這樣啊！矮人先生們果然很厲害呢！」

露露與蘿蘿感情融洽地聊著料理。

「幼生體也不要老是吃菜，別客氣多吃點肉。我這麼推薦道。」

娜娜向正一口一口咬著蔬菜棒的倉鼠孩子們推薦了肉料理。

當她把肉遞到倉鼠孩子們的嘴邊時，他們嫌棄地用力搖頭。

「蔬菜，喜歡。」

「蔬菜，好吃。」

「肉，討厭。」

「蛋白質可以用來製造身體，我這麼公開情報。」

此時蜜雅制止了依然推薦肉的娜娜。

「不可以強迫人。」

「是的，蜜雅，我會反省。」

見到倉鼠孩子們的表情，娜娜很沮喪地收回了肉。

「沒關係喲，波奇會好好把肉吃光喲！」

「小玉也幫忙～？」

波奇和小玉一口吃掉娜娜夾在筷子上的肉。

而莉薩將正在大口咀嚼的兩人帶了回去。

「豆子。」

「對喔，畢竟豆子被稱作田裡的肉嘛。」

「這是個好主意，我這麼評價道。幼生體也該吃豆子，我這麼建議道。」

「豆子？」

「豆子，會吃。」

「豆子，喜歡。」

吃完蔬菜棒之後，倉鼠孩子們雙手抓住娜娜遞出的大顆豆子，一點一點地吃了起來。或許是因為很喜歡，他們先往嘴裡塞了好幾顆豆子塞滿臉頰，然後再慢慢地開始咀嚼。

「看來他們很喜歡呢。」

「是的，蘿蘿。蛋白質對小孩子是必須的，我這麼告知道。」

娜娜露出安心的表情，再度開始用餐。

她的視線都固定在倉鼠孩子們身上，當年紀最小的倉鼠孩子噎到的瞬間，娜娜立刻以迅雷不及掩耳的速度將水遞過去。

「在狩獵場老是吃肉應該膩了吧？蔬菜料理也有很多，別客氣儘量吃喔。」

要是放著不管的話獸娘們只會吃肉，因此我也建議她們吃點蔬菜。

「系。」

「沒問題喲！主人的肉裝在另一個胃喲！」

單手拿著漢堡排的波奇臉上掛著燦爛的笑容。

「對不起，因為最近都沒做什麼比較花時間的料理……」

「露露每天都在激戰肯定很累，只做簡單的料理也是沒辦法的事。」

我安慰了一臉沮喪的露露。

「啊哈哈，不是啦。露露是因為主人找她商量，所以最近都在專心製作保存食品喔？」

「……對不起。」

露露進一步縮起了身子。

「妳不需要道歉，露露。準備食物不是妳一個人的責任，大家應該也很清楚才對。」

莉薩這麼說完，夥伴們也點了點頭。

「比起這個，讓主人見識一下研究的成果吧。」

「好的，莉薩小姐！」

露露從妖精背包裡拿出五種不同的保存食品遞給我。

這些保存食品大多是褐色或黑色，只有一種是黃色的。

「請、請用！主人！」

「那麼，我不客氣了。」

我接過保存食品，並各咬了一口。

「每種都很好吃呢。」

每種都是選用阿卡緹雅周邊能夠取得的素材所製作。接著我向夥伴們問道：「大家都吃過了嗎？」她們紛紛點頭，所以我也試著分給蘿蘿和倉鼠孩子們。

「皮利姆的味道，好吃。」

「波拉麗的味道，好吃。」

「水果的味道，好吃。」

倉鼠孩子們只拿起用果肉調味製作的黃色保存食品吃了起來。

因為他們獨占了所有黃色的保存食品，於是蘿蘿試吃剩下的四種。

「每種都是肉的味道呢。黑色的非常好吃，這是陶洛斯的肉對吧？大概只有銀虎級以上的人買得起喔？這邊的面子豬也很美味。這個暗褐色的我想應該是古代陸獸的肉，讓人很好奇究竟是怎麼消除腥味的。最後的茶色保存食品雖然有面子豬的味道，但口感很像蟻肉呢。這個或許能用相當便宜的價格製作吧？」

蘿蘿不僅對味道做出評價，連在勇者屋販售的事都考慮到了。

以成本來看應該挑選後面兩種，但前面兩種的味道也讓人難以割捨。

就和我用番薯跟肉混合製作的保存食品搭配進行改良吧。

「然後就是乾燥蔬菜了。我試著把乾燥過後的『魔芽花椰菜』與『魔花椰菜』做成方塊狀。只要把這個放進湯裡就能補充不足的維他命——」

露露才剛把方形的乾燥蔬菜放在桌上，倉鼠孩子們立刻迅速地從三個方向探頭一口咬下去，拚命地咀嚼。

這麼說來我把迷宮拿到的花椰菜當成伴手禮時，他們好像也是這麼拚命地咬了上來。

「幼生體，下次遠征我一定會幫你們狩獵『魔芽花椰菜』以及『魔花椰菜』，我這麼約定道。」

「娜娜，好開心。」

「娜娜，期待。」

「娜娜，喜歡。」

吃完一整塊乾燥蔬菜之後，倉鼠孩子們用頭磨蹭著娜娜撒嬌。

「真是群現實的孩子。」

「這樣也很可愛，我這麼告知道。」

見亞里沙一副傻眼的模樣，娜娜露出認真的表情點頭說道。

◆

「主人，那間把陶洛斯的頭蓋骨裝飾在招牌上的店，就是金獅子冒險者介紹的武具店。」

在舉行慶祝夥伴們回歸與等級提升的大宴會隔天，我和莉薩兩人一起來到了位於冒險者公會附近的武器店。

「真是豪華的店面呢。」

或許因為是熱帶氣候，這裡大多是沒有門的開放式店面。

可能是沒有看板娘這個概念，每間店都是體格壯碩的獸人在攬客。

不可思議的是用骨頭或角加工的武器比金屬武器要來得多。

「有客人來嘍，多帕。」

「好像是客人耶，塔波。」

出來迎接我們的，是一對戴著似乎是牛頭蓋骨的矮人。

他們身上還戴著許多骨頭製成的裝飾品。

「唷，咱們這裡不賣東西給陌生客人。」

「沒錯，咱們可不接待陌生客人。」

「是泰格先生介紹我們來的。」

莉薩這麼說完，拿出一封信遞給兩人。

「令人吃驚，真的是泰格介紹的。」

「嚇死人了，沒想到泰格居然會介紹客人來。」

兩人不停地來回看著信紙跟莉薩的臉。

「算了，沒辦法。你們隨便逛吧。」

「嗯，沒辦法。去挑喜歡的武器吧。」

名叫塔波的矮人坐在椅子上，另一位則走進店裡消失蹤影。

「這裡也有金屬製的武器呢。」

「沒錯，因為也有只用金屬武器的頑固傢伙啊。」

除了一把裝飾在櫃檯後面的祕銀合金長劍之外，全都是鐵製品。話雖如此，金屬武器只占了整體的一成，除此之外全部是用骨頭或角當素材製成的武器。

「這邊的白色武器是用死靈術加工製成的嗎？」

「大致上都是。畢竟只要學會用死靈術加工，就會覺得用工具很麻煩不想這麼做啊。」

「幾乎都是。雖然有很多手工製作的便宜貨，但也有比用差勁的死靈術製品更堅固的東西。」

從店後方回到這裡的矮人加入話題。

我一邊聽著說明一邊打量武器。幾乎所有的骨製武器性能都比不上鋼製品，也沒有任何比祕銀合金製品更好的武器。

「祕銀之類的金屬武器不是更堅固嗎？」

「那種東西不在咱們村落怎麼可能有辦法加工啊。」

「祕銀只有在咱們村落才能加工喔。」

這麼說來，就算是在矮人的自治領波爾艾哈特，好像也只有藏匿在地下的專用爐才能夠加工祕銀。

「根據種類不同，鋼鐵會比骨頭更堅固就是了。」

「大多情況都是鋼鐵製品比較鋒利。」

「既然如此，為什麼有這麼多角製品跟骨製品呢？」

因為覺得很在意，我試著詢問。

「這裡濕氣很重，劍很容易生鏽。」

原來如此，是只有高溫高濕氣的熱帶才會有的問題啊。

「畢竟也有像鏽蝕藤蔓那種體液會讓東西生鏽的魔物嘛。」

「所以要是不好好保養，金屬製的劍立刻就會壞掉。」

我們打倒的魔物中也包含了鏽蝕藤蔓，但由於我們基本上都會用魔刃保護武器，因此並不清楚造成問題的體液究竟有多麻煩。

「雖然問題不只這個就是了。」

「嗯，問題可不只這個。」

「——什麼意思？」

「這附近沒有鐵礦脈。」

「從迷宮外面運送材料過來很貴的。」

原來如此，這也難怪金屬製的武器會那麼貴。

「不過骨頭跟角的材料倒是不缺。」

「冒險者也會主動帶材料來。」

我不自覺地想起了藉由狩獵魔物獲取素材，來逐步強化武器的家用主機遊戲。

「沒有魔法武器嗎？」

「有啊，在裡面。」

「店的裡面有放。」

說出想參觀之後，他們意外乾脆地讓我走進店裡。

應該是多虧了泰格先生的介紹書吧。

「超過一半都是『城堡』或『鬼人街』的魔物掉落物。」

「被詛咒的裝備還真多呢。」

「這也是沒辦法的事啦。瘴氣越濃，死靈魔法越有效。」

「這也是沒辦法的事，容易產生詛咒是理所當然的喔。」

原來如此，沒想到死靈魔法居然有這種條件。

只要使用裝在先前從魔王信奉團體「自由之翼」手上回收的咒怨瓶和邪念壺裡的瘴氣，感覺就能做出跟魔王「黃金豬王」掉落的柳葉刀相提並論的武器。不過這個系統的武器，儲倉裡還收著一把豬王用肋骨製成的黑炎骨刀就是了。

「這是魔法槍呢。」

「這玩意兒可是稀有貨喔，是在鬼人街的寶物庫找到的。」

眼前是一把嵌了大顆冰石與小型闇石的魔法槍，名稱似乎叫做「冰奪骨槍」。

大概是注入魔力就會纏繞著冰雪的槍吧。闇石是為了吸收熱量才裝上去的嗎？基底素材好像是陶洛斯的角，有點沉重。

「這把槍多少錢呢？」

「差不多銅幣兩百貫吧。」

「兩萬枚銅幣很公道喔。」

這裡的銅幣比希嘉王國的小一點，大概是金幣一百八十枚左右吧？

嗯，感覺價格挺合理的？

「因為我沒有那麼多銅幣，可以用寶石或貴金屬的鑄塊付錢嗎？」

「當然，沒問題喔。」

「嗯，這樣比較好。」

我拿出事先在儲倉裡準備好的寶石放在桌上。

每種價值都在十枚金幣左右。

「哦哦！這還真厲害！」

「這麼大的紅寶石，一顆就價值三萬枚銅幣了吧！」

「這塊鋼的品質棒極了！銅幣一萬枚，不，可以賣到兩萬枚吧！」

得到了意料之外的高評價。

紅寶石是用魔法「石製結構物」將紅寶石碎片重新合成的人造寶石，鋼塊也是使用魔法「火焰爐」將從盜賊和海賊那沒收的東西溶解鑄而成。後者雖然在重新敲打時調整過碳的濃度，但也沒花多少力氣。

矮人們在選擇鑄塊與寶石時爭論了一會，最後選擇了鑄塊。

我將冰奪骨槍交給莉薩。等解析和性能比較結束後，就送給莉薩當收藏吧。

——哎呀？

進來時沒注意到，店裡有個隨便插著許多骨製武器的桶子。

價格都寫在桶子上，耐用性較差的似乎只要五枚銅幣就能買到。

「那些都是二手貨與初出茅廬的死靈術士的作品喔。」

矮人向正在打量桶子的我說明了商品的種類。

「真便宜呢。」

「因為骨製武器只有死靈術士才能修理。只用繩子綁住當成緊急處理的骨製武器光是揮幾下就會壞掉。雖然也能加以研磨，可是這麼一來會變得遠比金屬武器更不耐用，所以不推薦這麼做喔。」

看來便宜的骨製武器基本上是消耗品。

我告訴矮人們自己還會再來之後，返回了勇者屋。

◆

「放些骨製裝備當勇者屋的新商品吧。」

當夥伴們再度出發前往迷宮的隔天，我拿出試作的武器防具這麼對蘿蘿提議。

「您說骨製裝備嗎？雖然我不太了解裝備的事，但做得很不錯呢。」

蘿蘿一一檢查骨製胸甲和頭盔，隨後注意到了我刻意分開放的單刃大劍。

「——這把大劍與其他武器有什麼不同嗎？」

「看得出來嗎？那是魔法武器喔。」

這是我打算仿造和莉薩一起購買的冰奪骨槍時，做出來的失敗品。

究竟是不該用陶洛斯冠軍的角當作基底，還是得意忘形注入太多魔力的錯，又或者是使用冰石的高階素材冰晶珠才出錯的呢……

仔細想想，這樣會失敗或許是理所當然。必須好好反省。

「是魔法武器嗎？這麼厲害的東西就算放在我們店裡也賣不掉啦！」

「沒問題的。我打算把這個裝飾在櫃檯裡面展示——讓剛出道的冒險者們將這把武器當作目標。」

就算在遊戲裡「總有一天要能夠使用那把武器」的想法也是一股很重要的動力。

因為就算加上特殊能力，這把劍也比交給夥伴們的武器低上兩個檔次。比起在希嘉王國被譽為「英傑之劍」的後期型鑄造魔劍強上一級，應該不會造成什麼問題吧。用來因應強盜的警備用魔巨人我也準備好了。

正當我和蘿蘿聊天時，客人走了進來。

「午安——！」

「午安，緹雅小姐。」

自稱「大魔女弟子」的緹雅和狼人風格的費恩兩人走進店裡。

費恩一句話都沒說，只是倚靠在入口旁的牆壁上看著蘿蘿。

「蘿蘿，妳認識他嗎？」

「不認識，他一定是緹雅小姐的護衛。」

我悄悄地詢問蘿蘿，得到了這樣的回答。

看來蘿蘿似乎不認識費恩。

「請別在意費恩先生，他不會傷害人的。」

緹雅小姐聳聳肩說道。

費恩或許不喜歡這種說法，他帶著嚴肅的眼神走到在櫃檯說話的緹雅小姐身旁。

「哇啊，嚇我一跳。你生氣了嗎，費恩先生？」

「不是。這把武器——我可以摸嗎？」

見我點了點頭，費恩伸手拿起那把失敗作大劍並注入魔力。

劍刃附近的空氣凍結，就算有段距離也能明顯感覺到氣溫下降。

「真厲害的魔劍。是在『城堡』周邊得到的嗎——咦，赫菲斯托斯？既然我能看到製作人的名字……代表這不是從迷宮寶箱得到，而是某個人製作的東西嗎？」

緹雅小姐對鑑定結果感到吃驚，伸手抓住人在櫃檯裡面的我。可以請妳不要把自己嬌小的胸部抵上來嗎？

「是的，這是認識的魔劍鍛冶師送給我的東西。」

當然了，實際上那不是認識的人，而是我的假名之一。

接著緹雅小姐打聽起赫菲斯托斯的出身，於是我便捏造了個在希嘉王國認識對方的故事回答她。

「緹雅，交給妳付錢了。」

「咦？等一下，費恩先生？」

費恩握起大劍確認重量之後，將付錢的事交給緹雅小姐就離開店裡。

別說價錢，我連賣不賣都還沒說。不過如果是他，就算拿走那把大劍應該也不會有問題才是，畢竟他甚至著迷到忘我的程度，就算了吧。

「請、請問那把劍多少錢呢？」

「銅幣一千貫。」

「「一千貫！」」

緹雅小姐與蘿蘿異口同聲驚訝地大叫。

「是、是騙人的吧？」

「嗯，開玩笑的。大約三百貫就行了。」

「好、好貴！」

「是嗎？現在還接受退貨喔。」

我認為就算與買給莉薩的冰奪骨槍相比，這個價格算是剛剛好了。

「嗚嗚，看他那樣應該不可能退貨了。我明白了，明天我會帶錢過來。」

緹雅小姐在蘿蘿的提議下坐上椅子，接著像個通宵工作的上班族趴倒在櫃檯上。

「緹雅小姐，請打起精神來。」

蘿蘿將新商品果實水遞給緹雅小姐。

「真好喝！這是什麼？」

「是一種類似營養補充劑的魔法藥喔。」

因為我發現了市場上有不少能夠當作魔法藥素材的水果，便試著用阿卡緹雅的風格製作了類似越後屋商會有在販售的營養補充劑。由於增強耐力的材料很便宜，製作成本也會比希嘉王國的商品低上許多。

「交給你的配方書上應該沒有刊載這種東西吧？」

「是的。配方書上沒有，由於從材料說明來看似乎能這樣使用，我便嘗試了一下。」

「嘗試了一下？在這麼短的時間內？」

緹雅小姐用力握著空杯子，驚訝地喊道。

「我說你……到底是什麼人？」

「大概是勇者屋的店員，還有蘿蘿的朋友吧？」

就算妳用那種疑惑的眼神看著我，我也很困擾。

「緹雅小姐，要再來一杯嗎？」

「我不客氣了。」

蘿蘿又倒了一杯果實水。緹雅小姐就像遇到煩心事的上班族喝悶酒一般一口氣灌完。

「這個要多少錢？」

「我們打算一杯賣五枚銅幣左右。」

「太便宜了！至少賣二十枚銅幣吧。」
「是考慮到競爭對手嗎？」
「這也是原因之一，但主要是擔心太便宜會有笨蛋喝上癮。」
啊，原來也有這方面的顧慮啊。在公司上班的時候，也出現過健康飲料喝到超標，反而搞垮身體的人。
「我明白了，就調整成這個價格吧。」
畢竟要是太貴會讓勇者屋的常客買不下手，就把更加稀釋的賣銅幣五枚，剛剛那種賣二十枚銅幣吧。
「雖然這很理所當然，但配方果然不外傳吧？」
「配方我將來會公開，在那之前請光臨勇者屋購買。」
「知道了，我會期待的。」
緹雅小姐伸個懶腰調整心情之後，向蘿蘿訂購了大量的魔法藥。當然也買了好幾桶新產品的果實水，而且離開前還帶走一公升的瓶裝果實水。看來她似乎非常喜歡這個商品。
閒聊時我向緹雅小姐提到自己已經把她給的配方全部學會，於是她告知我能買到新配方書與素材說明書籍的地點，我打算下次出門購物時順便去買。

◆

接受緹雅小姐委託之後過了五天，完成委託的我和蘿蘿出門採購材料。

「好大的哈欠喔。」

蘿蘿面帶笑容對我說道。

因為睡眠不足，我經常打哈欠。

「明明距離截止日期還有很有多時間，會不會太拚命了呢？」

「沒那回事，別擔心。」

畢竟睡眠不足的原因不是委託，而是費盡千辛萬苦，好不容易才將將剛完成的神石迴路版「城堡」機能裝在娜娜的黃金鎧上。

因為重量也增加了，要不要加個緊急迴避用的噴射裝置呢？

我一邊想著這些事，同時看著主選單上ＡＲ顯示的記事本，並向走在身邊的蘿蘿確認。

「這下東西全部買齊了吧？」

「是的，佐藤先生。」

蘿蘿以不輸給露露的美少女容貌點頭說道。

雖然她有著別說是一座城市，甚至能夠迷倒整個大陸的美貌，但目前所在的要塞都市阿卡緹雅幾乎沒有人族，因此很難得到共鳴。

不過就算人族的數量很多，這裡的審美觀似乎跟希嘉王國相同。因此她大概和露露一樣會是眾人責罵的對象，所以對蘿蘿來說，或許在對人族不感興趣的其他種族圈子裡生活比較好也說不定。

「這個天殺的東西！」

突然的怒罵聲使我嚇了一跳，但對象好像不是我。

「佐藤先生，在那裡。」

我順著不停拉扯我袖子的蘿蘿指示的方向看去，發現一群打扮看似死靈術士的男人正在跟鼠人祭司帶隊的神官們爭論。

這麼說來有好一陣子沒見到神官了。不知道什麼原因，要塞都市阿卡緹雅裡沒有神殿。

「這群玩弄死者的骯髒死靈術士！」

「你說什麼！我等死靈術士只會將生前締結契約的人變成骨兵！」

「哼！竟然說是契約？強迫奴役死者讓他們死後也不得安寧，乃是不可原諒之事！」

「誰要你的原諒啊！窮人就算死了，也想透過勞動替留下來的人們多少盡一份力，你連這種願望也要否定嗎！」

「你這個利用窮人的邪教徒！」

祭司和死靈術士吵得越來越激烈。

「我現在就讓你們從這個使役惡靈的死靈法師手上解脫！■——」

「快住手！」

一名小孩扔出一團類似泥巴的東西，擊中了開始詠唱的祭司側臉。

這幾天都沒下雨，那大概是迅猛龍的糞便之類的吧。

「你在幹嘛！」

「不准再次殺掉俺老爸！多虧死掉的老爸還在繼續工作的緣故，生病的老媽跟妹妹才好不容易能填飽肚子！」

「說得沒錯！多虧死靈術士操縱的骨兵接下骯髒的工作，我們這個都市才能成立啊！」

「畢竟要是沒有死靈術士，要把骨頭或牙齒做成武器也要費一番工夫呢。」

「這附近採不到鐵礦，武器肯定會貴得要命啊。」

周圍的市民和冒險者像在聲援小孩似的，擁護著死靈術士。

「唔……怎麼會這樣。沒想到死靈術士的魔爪竟然擴展到了這個地步。」

祭司露出忿忿不平的表情，喃喃自語說個不停。

「既然如此別無選擇了，得回祖國告訴神殿長，做聖戰的——」

「莫羅克閣下！原來你在這裡啊！」

一名身穿長袍的女性擠到開始做出危險發言的祭司面前。

「——緹雅小姐？佐藤先生，那個人是緹雅小姐。」

正如蘿蘿所說，身穿長袍的女性正是自稱為大魔女——弟子的緹雅小姐。

緹雅小姐巧妙地安撫周遭的人群，並說服祭司帶領他們前往大魔女之塔。真有一套呢。

◆

「我回來了～」

「蘿蘿，歡迎回來。」

「蘿蘿，好寂寞。」

「蘿蘿，有伴手禮嗎？」

一打開勇者屋的門，倉鼠孩子們立刻用隨時可能跌倒的氣勢從裡面衝了出來。

年紀最小的倉鼠孩子就這麼跌倒後被蘿蘿抱起來。

我將抱著的紙袋放上櫃檯，從裡面拿出了在商店街購物時收到的樹枝黃瓜瑕疵品。

正如其名，樹枝黃瓜是一種和樹枝一樣細的黃瓜。據說是在類似柳樹的樹上垂吊生長的迷宮植物。

「組人，黃瓜。」

「組人，我要。」

「組人，快點。」

剛剛還在跟蘿蘿撒嬌的倉鼠孩子們轉眼間聚集過來，眼睛閃閃發光地抬頭看著我，這些孩子還是老樣子很現實呢。不過對娜娜來說，他們就是這方面很可愛。

倉鼠孩子們會叫我「組人」而不是用名字來稱呼我，是因為在不知不覺間受到娜娜影響的緣故。被人這樣稱呼，讓我回想起公都的海獅孩子們。

「等一下喔——」

因為收到的樹枝黃瓜末端彎曲的部分已經壞了，於是我先用手指生成魔刃切掉那部分之後才拿給他們。

拿到樹枝黃瓜的倉鼠孩子們立刻專心地大口大口啃了起來。

這些孩子都很貪吃。他們一邊啃，一邊朝我剛剛切掉的樹枝黃瓜壞掉的部分伸出手。

「這個不行喔。」

我迅速收走壞掉的樹枝黃瓜末端。

倉鼠孩子們露出一副像在說「為什麼？」的表情抬頭看著我。

「因為會吃壞肚子喔。」

把理由告訴他們之後，倉鼠孩子們露出遺憾的表情放棄了。

當然了，這段期間內他們依然沒有停下吃著樹枝黃瓜的手。

「蘿蘿在嗎～？」

在將準備中的牌子換成營業中之前就有客人上門，是常客諾娜小姐。

「歡迎光臨，諾娜小姐。」

「抱歉在開店前就來打擾。請給我三根『帶路蠟燭』和二十份好吃的那種保存食品，還有佐藤先生之前讓我試用的驅蟲藥。」

「大家，去倉庫拿保存食品過來，是味道很香的那種喔？」

「知道了。」

「味道很香的。」

「去拿過來。」

接到蘿蘿指示的倉鼠孩子們爭先恐後地跑向倉庫。

「驅蟲藥要幾份呢？」

這座樹海迷宮主要環境是熱帶叢林，驅蟲藥是必備品呢。

「哦，佐藤先生也在啊。先看價格再決定吧，雖然至少想買一份，但要是太貴就買不下手了。」

「價格跟『帶路蠟燭』一樣就行了喔？」

「咦？這麼便宜嗎——不對，好像不太便宜耶？可是如果那種效果只要那點錢——買了吧。給我三份——不，五份！我要五份驅蟲藥！」

儘管沒有多少利潤，不過也沒用到昂貴的素材，賣這個價錢就行了。

畢竟我打算等勇者屋得到足夠的先行利益之後，就向鍊金公會公開配方。

「多謝惠顧。我這裡還準備了驅蟲用的籠子，要不要用用看呢？因為是附贈品，所以不收錢喔？」

「我要！佐藤先生最好了——！」

我一邊推開朝我抱過來的諾娜小姐，一邊將入口的告示牌轉成「營業中」。

「真是的！諾娜小姐！本店禁止肢體接觸！」

「啊哈哈，抱歉抱歉。我不會對蘿蘿的好對象出手的。」

「說、說什麼好對象……」

蘿蘿滿臉通紅地低下頭去。

「諾娜小姐，我們的店長很純真，請別捉弄她。」

「是——」

當我在責備諾娜小姐的時候，倉鼠孩子們將保存食品從店裡搬了過來。

最小的孩子還是一如往常跌倒了，不過保存食品在另外兩個孩子的支援下平安無事。

「唷，蘿蘿。拜託你們研磨的武器搞定了嗎？」

「聽說你們做出了新的保存食品，還有存貨嗎？」

「驅蟲藥！給我驅蟲藥！沒有奇怪氣味的那種！」

在幫諾娜小姐結帳的途中，客人們陸陸續續地走進來。

多虧準備了各式各樣新商品的福，最近除了諾娜小姐之外又多了幾位常客。

「聽說這間店有在高價收購卷軸——」

「佐藤先生，有人來賣卷軸了。」

哦，這還是從開始募集以來的第一次。

我用縮地前往櫃檯，接著走到一身商人打扮，拿著卷軸的男人面前。

「讓您久等了，我是負責人佐藤。請問您想出售的卷軸是什麼？」

「大約有十張。」

「十張！那真是太棒了！」

或許因為我開心到差點跳起來的緣故，客人跟蘿蘿都嚇了一跳。

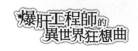

「看了可別嚇到喔！其中八張是來自希嘉王國西門工房的正版品喔。」

「那還真是驚人。」

卷軸上印著眼熟的公都西門工房的封蠟。

遺憾的是都是些我已經有的魔法。

還是期待剩下的兩張吧。

「這些是在吸血迷宮得到的『黏著網』和『聖光』。」

前者是能夠扔出黏著性拋網的非殺傷性捕獲系魔法，後者是能放出神聖光芒對付不死族的魔法。神聖魔法中也有同名的魔法，但這招似乎是光魔法。前者是類似雷射的攻擊魔法，後者則是效果接近超度亡靈的魔法。

「這些魔法都很稀有呢，一張的收購價是銅幣三十貫。」

「哦！出這麼高的價格？那麼這邊的八張呢？」

「這些每張一貫銅錢。」

「價格這麼低嗎？」

儘管不知道他是從哪裡進貨的，但應該不會虧本。

「不好意思，我是受到認識的收藏家委託。如果是他沒有的卷軸可以高價收購，但他似乎跟西門工房有直接來往，因此一律都是這個價格。」

商人將兩張出自吸血迷宮的卷軸用我提出的價格賣出，並在收入同等價值的寶石後便離開了。我也將新產品的試用品送給這位商人當作禮物。既然他會來到位於迷宮深處的阿卡緹雅做生意，感覺似乎能開拓出新的管道呢。

◆

「蘿蘿在嗎～？」

當客人都離開之後，滿臉疲憊的緹雅小姐走了進來。

走進勇者屋的每個人都說著類似的話呢。

「歡迎光臨，緹雅小姐。您好像很累呢。」

「嗚——累死了～應付那些腦袋僵硬的聖職者實在受不了。**沒有允許**他們在要塞都市建立神殿果然是正確的。」

緹雅小姐、緹雅小姐。要是講出這種話，蘿蘿會發現妳的真實身分喔。

「那些神官來要塞都市做什麼呢？」

「嗯——說是有人在『邪神殿』見到了高級的不死族。」

緹雅小姐口中的「邪神殿」是樹海迷宮中一個類似邪教神殿地點的俗稱。我用地圖搜索確認了一下，沒有發現魔族或魔王信奉者。

「因為那裡本來只會出現低級不死族，是初級冒險者的狩獵場，所以想儘早解決呢～」

「如果只是想解決高級的不死族，找魔法使或魔劍使不也行嗎？」

「只要打倒的話是這樣沒錯～但是為了避免再次出現，淨化是必要的～」

我將一瓶果實水口味的營養劑遞給整個身體趴在櫃檯上的緹雅小姐。

「就是這個～最近要是沒有這個實在受不了啊～」

她在看見營養劑的瓶子之後猛然起身，高高興興地打開瓶蓋。

「你沒加什麼奇怪的東西吧？」

緹雅小姐單手叉腰喝了一口營養劑，接著露出惡作劇般的笑容開玩笑。

「佐藤先生才不會做那種事！」

蘿蘿立刻發脾氣了。

她似乎把玩笑當真了。

「抱歉抱歉，我開玩笑的。」

緹雅小姐說了句：「對吧？」向我求助，於是我贊同了她。

她好像敵不過蘿蘿。

「緹雅大人！」

勇者屋的大門打開，穿著與緹雅小姐類似風格長袍的女性衝了進來。

「緹雅大人，莫羅克先生又跟人起爭執了！」

「咦——又來啦～」

緹雅小姐一臉厭煩地發出呻吟。

「抱歉啦，蘿蘿。我會再來的。」

緹雅小姐將剩下的營養劑喝完，輕輕地揮了揮手便離開店裡。

「蘿蘿，在嗎？」

蜥蜴人的婦人跟緹雅小姐她們擦身而過走了進來。

我還以為她是來送蠟給勇者屋。

「阿姨，午安。」

「不好意思，妳知道我家的夏希上哪去了嗎？他又不見人影了。」

這麼說來，她之前好像也說過自己的兒子沒回家。

「妳有在哪裡見過他嗎？」

「不，沒看見耶——佐藤先生知道他在哪嗎？」

用地圖搜索找了一下，發現他就在距離要塞都市阿卡緹雅不遠的樹海迷宮裡。

還跟一群應該是朋友的死靈術士們在一起，四周跟著擔任護衛的不死族，其中還包含適合當肉盾的二十級不死族，應該是出門狩獵了吧？

「不久前我見到他正跟像朋友的死靈術士們往門的方向走去。他們帶著不死族，會不會是去進行某些工作呢？」

「是這樣嗎？如果是這樣就好了……」

婦人露出擔憂的表情這麼說著，之後向我和蘿蘿道謝就離開了。

就算在異世界，母親也依然會擔心孩子。

幕間：離群死靈術士

「嗚哇！有魔物！」

蜥蜴人死靈術士夏希被從空間扭曲交界處現身的魔物嚇得坐倒在地。

「骸骨們啊！打倒魔物吧！」

「僕從們，保護好本大爺一行人。喂，快起來，夏希！你還沒有對僕從下命令！」

與夏希同行的年長死靈術士們使役著不死族迎擊襲向他們的魔物。

「我、我知道！戰鬥吧，僕人們！」

夏希用顫抖的聲音下達指示後，骨兵們揮著棍棒或割草的鐮刀加入對抗魔物的行列。

年老的蛙人死靈術士贊札桑薩使役的不死族明明拿著武器，但夏希的骨兵只有農具，骨兵的等級也很低，因此不斷有骨兵受到魔物的反擊打斷手腳的骨頭無法動彈。

「居然會被這種小嘍囉打壞，跟主人一樣不中用啊。」

被中年鼠人死靈術士佐佐責備的夏希不甘心地緊咬嘴唇。雖然體格壯碩的蜥蜴人被矮小鼠人責罵的畫面看起來甚至有點滑稽，但本人對此毫不在意。

或許是看不下去了，老年死靈術士捋著自己的白色鬍子介入調解。

「別再貶低同伴了。夏希，用死靈術修復被破壞的骸骨，辦得到吧？」

「嗯、嗯，我做得到。要開始嘍。[redacted]骨骼修復。」

夏希用的不是泛用的修復魔法，而是骨兵專用的修復魔法。

「真虧你記得這麼冷門的咒文啊。」

「啊哈哈，這、這招很方便喔。」

「我不是在稱讚你。能夠對所有下級不死族使用的『下級骸骨修復』比較方便吧？」

「雖、雖然是這樣沒錯……」

聽中年死靈術士這麼說，夏希低下了頭。

「骨骼修復消耗的魔力很少，使役骨兵的時候是個不錯的選擇。」

「就、就是說啊。」

「比起這個，你差不多該站起來了。要趕在日落之前抵達『邪神殿』喔。」

「我、我知道了。」

夏希在骨兵們的幫助下站起來，眾人再度開始移動。

即便一直遭遇魔物使得護衛的不死族數量不斷減少，但他們依然成功抵達了目的地「邪神殿」。

「哼，因為有個拖油瓶，太陽已經完全下山了。」

「對、對不起。」

中年術士的怒罵聲讓夏希縮起肩膀。

「接下來才是重點，給我打起精神。」

「話說回來，出現在這裡的高位不死族是哪種？是怨靈還是亡靈？應該不是鬼魂吧？」

「這點也需要調查，從事前情報來看，至少不是鬼魂。」

「那麼就是怨靈或亡靈嗎……就算是亡靈，本大爺也有自信能夠支配，但怨靈就不一定了。你有辦法操控嗎？」

「別擔心，萬一出事我會使用魔王『死靈冥王』的遺物。一旦使用遺物的力量，就不存在無法支配的不死族。」

「那麼可以放心了。喂，走嘍。」

「是、是的！」

由中年死靈術士帶頭，三人踏進「邪神殿」。

「——沒錯，不存在無法支配的不死族。就算那是死靈冥王的殘留思念也一樣。」

老死靈術士一個人喃喃自語。

「你有說什麼嗎？」

「別在意，只是老頭子的自言自語。」

「是嗎？然後呢？只要朝著中央走就行了吧？」

「沒錯。因為要暫時沿著路走，直接走過去吧。」

三名死靈術士就這麼消失在星光無法到達的黑暗深處。

簡直就像在暗示接下來等待他們的命運一樣。

大小姐的挑戰

「我是佐藤。朋友曾說『呵呵呵』這種笑法從昭和的少女漫畫開始出現。雖然至今這仍是壞人大小姐的固定風格，不過實際上我從來沒見過在現實中有人用這種方式發笑。」

「鏘鏘～！」

「我們回來了喲！」

夥伴們久違地從迷宮回到勇者屋。

夥伴們在「堅持到所需經驗值多了將近一倍的蜜雅升級」這個限制下十分努力，回來的時間比預計要晚了三天左右。

「主人，我們儘可能收集了您想要的古代陸獸牙齒。」

「謝謝妳，莉薩。」

雖然陶洛斯的素材也很不錯，但因為長得像恐龍的古代陸獸才是這裡的主流素材，所以我才想全部試過一遍。

「幼生體，這是伴手禮魔芽花椰菜，我這麼告知道。」

「娜娜，謝謝。」

「娜娜，好開心。」

「娜娜，摸頭。」

當娜娜拿出煮好的巨大花椰菜之後，倉鼠孩子們立刻撲上去啃了起來。這些孩子真的非常喜歡花椰菜呢。

「嗯，花椰菜好吃。」

蜜雅似乎也對喜歡蔬菜的人增加了而感到高興。

娜娜用溫柔的眼神守望全神貫注地大口咀嚼花椰菜的倉鼠孩子們。

「蘿蘿小姐，這是妳拜託的藥草與果實。」

「謝謝妳，露露小姐。」

露露跟蘿蘿站在一起，看起來就像一對雙胞胎。

簡直就是奇蹟般的同台演出。

「主人，很抱歉，麻煩你儘快回收獵物。因為把『萬納庫』擴大到極限的緣故，我有點難受。」

「沒問題，我們到中庭去吧。」

我請亞里沙在中庭將萬納庫的入口開到最大，接著伸出「理力之手」加以回收。

雖然小型魔物和各種陶洛斯的數量也不少，不過這次似乎是雷龍型古代陸獸占了大半容量。與牠相比，暴龍型古代陸獸看起來也像小孩子。

「看來這次連小型的也分開冷凍呢。」

上次是把小型獵物塞進冰的方塊裡面，但這次大多都是個別進行冰凍。

「那是因為莉薩小姐啦。」

「——莉薩？」

「是的，這是您買給我的冰奪骨槍的能力。」

莉薩從後方做出回答。

「打倒的魔物會被冰起來，很適合對付小嘍囉呢～」

「是的，非常方便。」

莉薩似乎打算來幫忙搬獵物，但因為沒有需要幫忙的地方，我便向她打聽了各式各樣在迷宮發生的事。

「這次去的是第一次造訪的地點或許也是原因之一，敵人從預料外的地方出現讓人覺得十分刺激。」

「嗯，說刺激的確很刺激呢，好久沒有面對這麼緊張的戰鬥了。」

「有那麼不妙嗎？」

從等級來看，我認為應該很輕鬆才對。

「城下町很累人喔～會同時出現撞破建築物牆壁的冠軍、跳過建築物發動攻擊的冠軍，還有從內牆塔上一躍而下，渾身通紅的冠軍呢。」

「全都是冠軍啊。」

冠軍體型龐大速度又快，很難應付吧。

「那時候還出現了領隊率領的小團體四面八方朝我們逼近，我這麼報告道。」

此時我回頭一看，發現娜娜將三個倉鼠孩子抱在胸前，跟大家一起走過來。

或許是不喜歡被抱起來吧，娜娜胸前的倉鼠孩子們正揮動手腳不停掙扎。

「Yes～？·用掀石板加油了～？·」

掀的不是榻榻米而是石板嗎……真不愧是忍者小玉，真是出乎意料呢。

「是啊，那招真是幫了大忙。」

「喵嘿嘿～小玉，很能幹～？」

「波奇也是！波奇也用方陣先生加油了喲！」

「是啊，波奇的反應也非常出色。」

受到莉薩稱讚的小玉和波奇扭扭捏捏地害羞起來。

「基本上是由蜜雅的精靈擋住其中一邊，剩下一邊用我的『迷宮』魔法進行拖延，娜娜則負責擋住冠軍。之後再交給露露的狙擊還有莉薩她們減少敵人的數量。」

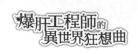

當時似乎還發生敵人無視娜娜的挑釁技能衝過來，向後衛陣容發動攻擊的危險場面。

「幸好露露用空氣摔解決了牠們才能夠逃過一劫。沒錯吧，露露姊姊大人？」

亞里沙用像小孩子惡作劇般的笑容看著露露。

「亞里沙真是的，不是說過要對主人保密嗎！」

「啊哈哈，抱歉抱歉。我忘記了。」

「露露小姐好厲害！說起陶洛斯冠軍，可是連金獅子級的人們都會避免交戰的魔物耶！讓我尊敬不已！」

「咦？那個……謝謝妳？」

被興奮的蘿蘿握住手用力地晃來晃去，露露臉上掛著困擾的表情。她們兩個這樣也很可愛呢。

「波奇也陷入危機了喲！」

波奇蹦蹦跳跳地在一旁說道。

「沒有受傷嗎？」

「沒有喲。是蛋的人跑出來保護了波奇喲！」

她連同托蛋帶將「白龍蛋」高高舉起做出宣言。

「蛋跑出來？」

這麼說來在皮亞羅克王國的時候，蛋好像也從妖精背包跑了出來。

「沒錯喲！蛋的人用一記上鉤拳打倒了冠軍喲！」

「那還真厲害。」

真不愧是龍，沒想到在蛋的狀態下也會追求戰鬥。

「是的喲。波奇跟蛋的人締結了熾熱的羈絆喲！」

波奇溫柔地抱住托蛋帶並用臉磨蹭。

「波奇，要感謝蛋是無所謂，但首先妳要反省陷入危險這件事。」

「好喲，波奇會反省喲。」

被莉薩罵了之後，波奇將托蛋帶放回原本的位置，垂下耳朵跟尾巴做出反省的模樣。

「蘿蘿，在不在～？」

呼喚蘿蘿的聲音從店的方向傳來。

「不好，有客人來了。我暫時離開一下。」

「蘿蘿小姐，我也來幫忙。」

蘿蘿與露露跑向店鋪。

「蘿蘿，幫忙。」

「蘿蘿，一起。」

「蘿蘿，等一下。」

「幼生體，等我一下。我這麼告知道。」

倉鼠孩子們逃離娜娜的胸口，朝蘿蘿的方向追了上去。

「看來是因為娜娜太黏人而逃走了。」

在一旁看著事情發展的亞里沙將情況告訴我。

蜜雅則是一副事不關己的模樣用曲子幫這陣追趕伴奏。

小玉躺在院子的樹蔭下開始睡午覺。因為剛從亞里沙的「萬納庫」拿出冷凍魔物，現在就像開了空調一樣涼爽呢。

「我也去幫忙吧。」

「主人，我們也來幫忙。」

「妳們才剛從迷宮回來，好好休息吧。」

我這麼說完便走回店裡。

◆

「這裡就是隱藏名店嗎！」

「你看這把骨劍，明明這麼鋒利，卻感覺一點都不脆弱。」

「而且價格還很合理。」

「比起這個，更重要的是那傢伙吃的那種美味又便宜的保存食品啦！」

「還有沒臭味的蠟燭。」

「這些笨蛋，別忘了特製驅蟲藥跟魔法藥！」

蘿蘿與露露正在應付擠滿狹窄店鋪的客人們。

幫忙的倉鼠孩子們也因為太過忙碌而經常撞成一團，或是跌得眼冒金星。

「不覺得客人很多嗎？」

「大概是新商品的消息傳得很開吧？」

最近每到早上和傍晚都會這樣。

「做、做出這個骨製裝備的人在這裡嗎？請務必收在下為徒！」

「很抱歉，那個人好像不收徒弟。」

蘿蘿一**如往常地**拒絕了想要拜師的死靈術士。

或許是把技能等級升到最高的緣故，完成度似乎比其他工匠還要優秀。

「主人，你有好好記帳嗎？」

「銷售額跟成本應該有好好記在帳簿上才對。」

因為是由蘿蘿來管理，所以我也不太清楚。

「呃，這是什麼，這不是只有寫日期、物品名稱跟金額而已嗎？我不要求用複式記帳，但至少用更詳細一點的表格來管理啦啊啊啊啊！」

亞里沙看著帳簿發出呻吟。

「從今晚開始我來把會計的精髓灌輸給蘿蘿吧。」

「記得手下留情喔。」

大概因為前世是會計相關女職員的緣故，亞里沙管帳十分嚴格。

◆

「哦——呵呵呵呵！」

熱鬧的店裡突然響起了類似壞人大小姐的高音笑聲。

我和亞里沙兩人一起走出去，發現露露正用困擾的表情看著笑聲的主人。現場沒有蘿蘿的身影，似乎是為了補貨走進店裡了。

「以鄉巴佬的店來說，人還挺多的嘛。」

金髮雙馬尾的少女嘴裡說出了很難說是友善的台詞。

因為她那有點尖銳的耳朵讓人在意，我用ＡＲ顯示確認了一下，發現少女似乎是妖精族的矮精靈。

根據地球的傳說，印象中好像是一種喜歡惡作劇的妖精。

「說什麼鄉巴佬的店，還真是囂張呢。」

亞里沙對這名不太友善的少女回了嘴。

「妳是什麼人？」

雖然少女瞬間有些膽怯，但立刻就挺起胸膛，態度傲慢地說出了自己的名字。

「區區一個冒險者，竟然想跟我這個要塞都市阿卡緹雅最大商店，烏夏商會會長的長女凱莉娜格蕾平起平坐？會不會太囂——」

「凱蕾娜格爾？以前我看過那個廣告呢。」〔註：音近任天堂紅白機的遊戲ケルナグール（天下第一武士）〕

抱歉，亞里沙，我不知道那種廣告。

應該是昭和時代或平成初期的廣告吧。

「別搞錯了！我的名字是凱莉娜格蕾！」

面對激動的少女，亞里沙說著「抱歉抱歉」用敷衍的語氣道歉。

「我們烏夏家從曾祖父那代就是足以被布萊布洛嘉王國授予惡作劇卿地位的名門喔！」

這麼說來，我好像也從布萊布洛嘉王國的斯馬提特王子那裡拿到惡作劇卿的稱號。

難不成這在當地是很厲害的稱號嗎？

「那、那個！所以說凱雷娜格莉小姐——」

「所以說，是凱莉娜格蕾！我的名字叫凱莉娜格蕾！」

少女憤怒地斥責普通地叫錯名字的露露。

她的眼角甚至有了淚光，感覺有點可憐。

這使我不自覺地聯想到位於迷宮都市賽利維拉「蔦之館」的家庭妖精蕾莉莉爾。

「那麼，烏夏商會的大小姐來勇者屋有何貴幹呢？」

由於話題遲遲沒有進展，我便確認少女的來意。

「哼、哼！一開始這麼說不就行了！」

少女先擦掉眼角的淚水，隨即指著我大喊：「一決勝負吧！」

此時蘿蘿帶著倉鼠孩子們回到了這裡。

「——咦？小凱莉，好久不見。」

蘿蘿態度輕鬆地呼喚少女。

「誰是小凱莉啊！我不是一直告訴妳不准省略了嗎！」

「因為要是叫錯名字，小凱莉會發脾氣嘛。」

「那是當然的吧！我們布萊布洛嘉氏族的矮精靈可是很重視名字的！禁止省略或是叫錯名字！我說禁止就是禁止！」

聽見蘿蘿有些鬧彆扭的回答，凱莉小姐自顧自地激動起來。

「她跟蘿蘿小姐認識嗎？」

「是的，露露小姐。小凱——凱莉娜格蕾是我的兒時玩伴。」

蘿蘿回答露露的問題。

我因為腳邊傳來一股異樣感便往下一看，發現倉鼠孩子們躲到我的背後。

「組人，不要看下面。」

「組人，會被發現。」

「組人，擋住我。」

倉鼠孩子們小聲地開口。

看來他們似乎不擅長應付凱莉小姐。

「過去的事情我早就忘了，現在我可是能在要塞都市阿卡緹雅最大的烏夏商會擔任副代表喔！別把我跟這種小商店的貧窮老闆相提並論！」

凱莉小姐像要甩出聲音般，用力地將披在肩上的單邊馬尾往後甩。

亞里沙見狀喃喃自語地說著：「這種得意洋洋地甩頭髮的動作實在非常適合她耶。如果可以，真希望能把她雙馬尾的前端改成豎捲髮呢。」這類的妄想，我並未加以理會。

「是這樣嗎？」

「是的，小凱莉從小就為了從商做了各式各樣的努力，是個很厲害的孩子喔。」

聽到我的問題，蘿蘿誇起自己的兒時玩伴。

「所、所以說，不准省略！」

凱莉小姐臉頰有些泛紅地大喊。

「主人，店面停擺了，我這麼告知道。」

「嗯，裡面。」

娜娜與蜜雅來到店裡，指出我們丟下其他客人不管的事。

「主人，看店的事請交給我們吧。」

「幫忙～？」

「波奇是幫忙的專家喲！」

因為夥伴們替我們看店的緣故，我帶著蘿蘿和凱莉小姐前往距離櫃檯不遠的會客室，亞里沙也一起跟來。

「這個烘焙點心是怎麼回事？為什麼這麼好吃？」

凱莉小姐維持著優雅的舉止，以驚人的速度吃著烘焙點心。

看來她相當喜歡烘焙點心呢。

倉鼠孩子們躲在蘿蘿坐著的沙發後面，同時一口接一口地專心吃著分到的烘焙點心。

我也各拿了一塊烘焙點心給似乎很在意的小玉和波奇。

『這麼說來，她是不是有說要「一決勝負」？』

『要是她能忘了這件事直接回去就好了。』

我與亞里沙使用空間魔法「遠話」說起悄悄話。

當我們來到會客室順便請她們喝茶時，凱莉小姐完全被我端出來當茶點的自製餅乾給迷住了。

這個餅乾是我在看店的空閒時間，開發能用當地素材製作的甜點配方時做出來的。

「大小姐，還以為您突然跑出來做什麼，原來是要開茶會嗎？」

「托瑪莉！」

店舖方向有位美女向我們搭話。

她似乎受到看店的莉薩制止，沒辦法過來。

在我告訴莉薩「讓她進來吧」之後，那位身材嬌小的美女來到我們身邊。

從有著與凱莉小姐相同的尖耳朵來看，她應該也是矮精靈吧。

「初次見面，我是擔任凱莉娜格蕾大小姐秘書的烏夏商店代理人，名字叫做托瑪莉特洛蕾。」

矮精靈的女性都是這種容易讓人咬到舌頭的名字嗎？

話說回來，雖然剛剛凱莉小姐主張不能省略名字，但同族之間能這麼做嗎？

「大小姐，如果事情已經辦完了，請您快點回去吧。金獅子級的冒險者們都已經等得不耐煩了喔。」

「啊！這麼說來，還沒辦完！差點就掉進烘焙點心的陷阱，什麼都沒做就回去了！」

真遺憾，凱莉小姐似乎想起了感覺會很麻煩的來意。

「一決勝負吧！」

凱莉小姐從椅子站起來大聲說道。

「就破例讓你參加大魔女大人的委託吧！只要達成這項委託，這間店也能得到大魔女大人的認可喔！」

「得到大魔女大人的認可！」

蘿蘿罕見地大喊出聲。

看來這似乎是件很驚人的事。

「大小姐，就算這是由許多商會同時參加的競爭委託，像這樣隨便增加競爭對手也不太妥當吧？」

「沒關係！要是你們輸了，就要把『勇者屋特製保存食品』的進貨管道告訴我！這就是你們參加委託的賭注！」

原來如此，也就是說贏了就能得到「大魔女大人的認可」，輸掉的話就要交出「特製保存食品進貨管道的情報」啊。

嗯，沒什麼損失呢。畢竟進貨管道是我本人。

如果是要求幾成的貨源，那就另當別論。

「在接受之前，我想先弄清楚委託內容耶？雖然覺得不可能，但妳們不會已經收集好委託的物品了吧？」

「那當然！委託是今天早上才公布的！因為那些物品每家商會都沒有庫存，才會發出委託！」

似乎是對亞里沙的疑惑感到不愉快，凱莉小姐激烈地反駁。

「委託的物品是什麼？」

「都寫在這上面。」

凱莉小姐打開的卷軸上寫著三種素材。

搗碎蛙的舌頭、潛地百合根，以及生長在巨大古代陸獸背上的寄生菇。

用了地圖搜索之後，要塞都市裡並不存在這些物品，看來少女沒有說謊。

「都是些沒聽過的素材呢，主人你知道嗎？」

「只知道在哪些狩獵場能夠得到。」

根據地圖搜索，青蛙是在樹海西方的上級區域「汙泥遺跡」裡，百合根要去樹海南方的中上級區域「吸血濕地」，而寄生菇則是在最上級區域「城堡」才找得到。

——哦？

因為對菇類的寄生對象有印象，我翻了一下儲倉，才發現已經有了。

「怎麼了？」

「稍等一下。」

我假裝走進倉庫，拿著從儲倉取出的寄生菇回到會客室。

「這、這個是寄生菇！」

「果然就是它嗎？」

「那個素材怎麼了嗎？」

「它寄生在大家在『城堡』狩獵的魔物身上。」

「哦——那麼就得到第一種素材了呢！」

「等、等等等等等——」

「怎麼了？小凱莉子，妳好像壞掉的收音機耶。」

見到凱莉小姐跳針式的反應，亞里沙不解地偏過頭去。

「等一下！」

接著凱莉小姐突然朝寄生菇伸出手，我立刻舉起手閃過她的動作。

「那個不算！不算數！」

她顯得非常狼狽。

大概是沒料到我們手上會有理應在最難關才能得到的道具吧。

「咦——那樣對妳們也太有利了吧？」

亞里沙站在凱莉小姐面前。

「那、那麼就把我們的一條進貨管道分給你們。」

「嗯——感覺不太划算耶～」

「那妳到底要什麼嘛！」

亞里沙看了我一眼，似乎是要我接手。

「那麼，可以請妳在勇者屋或蘿蘿遇到麻煩的時候，提供一次幫助嗎？」

「沒問題！就這麼說定了！」

凱莉小姐立刻回答，決定得真快耶。

「反正這間店一直都在虧錢，肯定是要我們幫忙還債之類的吧？」

她朝蘿蘿看了過去。

或許是沒想到話題會轉到自己身上，蘿蘿驚訝地眨了眨眼。

「啊，最近開始賺錢了！」

「賺錢？這間勇者屋嗎——這麼說來剛剛客人也很多呢。」

凱莉小姐低著頭沉思起來。

「就是你吧！你就是讓勇者屋轉虧為盈的人！」

接著用手指著我說道。

「我只是稍微幫了蘿蘿一把而已。」

「怎麼會！才不是這樣！這都是多虧佐藤先生幫店裡策劃了各式各樣新商品的福！」

蘿蘿有些不開心地抬頭看著我說道。

「哼——」

凱莉小姐稍微想了一下之後，嘴角微微揚起。

「就讓你來我們烏夏商會工作吧。」

「不、不可以！佐藤先生是勇者屋的店員！」

蘿蘿像要把我藏起來似的抱了過來，並且向凱莉小姐抱怨。

見到她拚命的模樣，亞里沙似乎也在猶豫該不該採取鐵壁行動。

「薪水是現在的三倍，今天就能來上班吧？」

「三、三倍……佐藤先生。」

蘿蘿露出求救般的眼神抬頭看向我。

「別擔心，我不打算離開勇者屋。」

聽我這麼回答，蘿蘿像鬆了口氣將頭倚靠在我的胸口。

「——嘖，跟馬不同很忠心呢。」

拉攏失敗的凱莉小姐顯得很懊悔。

「——馬，難不成……」

「不是啦，只是聽說他被哥爾哥爾商會給挖走而已。妳跟那個商會借過錢吧？」

原來如此，那個商會打著用借錢的方式併吞勇者屋的如意算盤嗎？

「大小姐，話題偏掉了。」

秘書小姐悄聲對凱莉小姐提醒。

「我知道啦，托瑪莉。總而言之，寄生菇的事用一次要求來抵銷，就以剩下的兩種素材來決勝負吧！」

凱莉小姐伸手指向**亞里沙**。

這句話應該對身為老闆的蘿蘿說才對吧？

「需要冒險者公會的介紹信嗎？」

凱莉小姐向亞里沙問道。

「不需要，因為蘿蘿有我們在啊！」

「就憑妳們？階級呢？」

「因為才剛來阿卡緹雅不久，還是銀虎級。但我們有自信不會輸給金獅子級喔！」

「是嗎？」

少女先是用估價般的眼神看著在店裡工作的莉薩與娜娜，接著拋下一句「那妳們就好好加油吧」便離開店裡。畢竟秘書小姐也催了她好多次嘛。

◆

目送凱莉小姐一行人離開後，蘿蘿充滿歉意地向我們開口：

「對不起，把佐藤先生你們給拖下水了。」

「不必在意啦，假如用那個條件就算輸了也不會吃虧，更何況這些孩子不會輸的。」

聽我這麼說，夥伴們得意洋洋地露出微笑。

我將看店的事交給蘿蘿，帶著夥伴們前往位於店內的會客室，將能夠採到目標道具的地點告訴她們。

「那麼，我們要蒐集的是怎樣的道具呢？」

「稍微等我一下。」

我將透過地圖搜索找到的道具當成目標，並發動空間魔法「眺望」把道具的模樣素描下來。話說回來，或許是用習慣了，「眺望」的距離延長了不少。

「棲息在汙泥遺跡的搗碎蛙大概長這樣。牠們一旦遇到捕食者會一起潛入汙泥中逃跑，捕捉時要注意喔。」

因為牠們在我觀察的期間正好遇到烏鴉型魔物襲擊，讓我得知牠們的生態。於是我也將這點作為注意事項告訴夥伴們。

「炸蛙肉～？」

「無論是蛙肉排還是照燒蛙肉，波奇都很喜歡喲！」

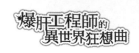

小玉和波奇看到素描之後，說出充滿食慾的感想。

「妳們兩個，這可是賭上主人威信的比賽，給我認真點。」

「系。」

「好喲，波奇充滿認真力量喲！」

被莉薩責罵的小玉和波奇擺出敬禮的姿勢展現幹勁。

「另一個在吸血濕地的『潛地百合根』——」

雖然想用同樣的方式進行素描，但不愧是有著「潛地」這個名稱的「潛地百合根」，由於長在土裡使我無法看清它的全貌。即使如此，我只要集中精神就能得知大致上的輪廓，便直接將其畫下來。

「這個百合根的外型大概是這樣。兩種魔物的等級都很低，但是都會在廣大領域的地下好幾公尺的地方徘徊。我認為是比起打倒，要找到牠們會更困難的魔物。」

我一邊將素描拿給夥伴們看，一邊將情報告訴她們。

「地下莖？百合根不是球根生物嗎？為什麼會用跟馬鈴薯一樣的方式生長啊？」

「誰知道，應該本來就是這類型的植生魔物吧？」

儘管亞里沙的疑問很有道理，但是我也不知道該如何回答。

我想大概是長得像馬鈴薯的部位綻放開來，就會變得像百合根的外觀與味道吧。

「百合根，美味。」

「要是採得夠多，就做成茶碗蒸或是其他各式各樣的料理吧。」

「嗯，期待。」

雖然對蜜雅感到抱歉，但根據緹雅小姐給的配方書上的備註欄，它似乎含有劇毒。

不過即使未必有辦法料理，還是調查一下能美味享用的方式吧。

「這兩種魔物的狩獵場距離非常遠，其中一邊由我來負責怎麼樣？」

聽我這麼提議，亞里沙和莉薩互看一眼，不約而同地點點頭。

「嗯，拜託主人了。畢竟我們不能意氣用事，害蘿蘿輸掉嘛。」

「兩邊都是第一次面對的狩獵場與獵物，不可以大意。」

她們兩個都很清楚該以什麼為優先，這讓我十分放心。

「那麼，妳們想負責哪邊？」

「青蛙～」

「波奇覺得青蛙先生比較好喲！」

「百合根。」

小玉和波奇選擇搗碎蛙，蜜雅選了百合根。其他孩子則是哪種都無所謂。

感覺就算有亞里沙的空間魔法與蜜雅的土精靈格諾莫絲，要找到百合根也得花費一番工夫，所以百合根還是交給我比較好吧。

「那麼我負責百合根吧。」

「嗯。」

蜜雅似乎很不滿。

「那麼，蜜雅要跟我一起去嗎？」

「嗯，要去。」

「慢、慢著！」

「喵！」

「波奇也覺得跟主人在一起比較好喲！」

「我也希望能與主人同行，我這麼告知道。」

當我邀請蜜雅之後，其他孩子們紛紛開始躁動。

本來想在採集素材的時候順便讓蜜雅的等級提升到跟其他孩子相同的水準，看來還是另外找機會比較好。

最後因為防止偷跑之類的條例，變成我要單獨行動。

由於我得暫時離開店裡，這段期間要是發生糾紛就麻煩了，因此我不僅在倉庫準備了充足的商品，還配置警備用的魔巨人。之後再讓召喚出來的「潛影蝙蝠」躲進蘿蘿的影子裡就完美了。

我將娜娜寄放在我這裡的黃金鎧還給她，那件黃金鎧上加裝「城堡」機能的試作品，由於還沒進行實戰測試，因此我囑咐她別在沒有我的地方使用。畢竟雖然測試運行過了，但也不能保證實戰中不會發生問題。

於是到了隔天凌晨，我們在蘿蘿的目送下離開要塞都市阿卡緹雅。

接著在我們出發的那一天。

不死族的大軍襲擊了要塞都市阿卡緹雅。

幕間：死者的軍隊

「怨靈啊，服從我吧！」

蛙人老死靈術士贊札桑薩高舉魔王「死靈冥王」的遺物如此下令，原本像雨水般撒著冰箭的怨靈便停下動作。

它速度緩慢地降到地上，在老死靈術士的面前低下頭。

「好猛，真的讓怨靈服從了。」

「真厲害！贊札桑薩太厲害了！」

中年鼠人死靈術士佐佐和菜鳥蜥蜴人死靈術士夏希興奮地叫了出來。

就算是老練的死靈術士，想使役不死族中的怨靈也是近乎不可能達成的豐功偉業。

「呼，總算是搞定了。」

老死靈術士一邊流著冷汗，一邊捋著自己的鬍子滿意地呼了口氣。

——WZRRRAITTTTYH。

此時怨靈靠近老死靈術士的臉，發出宛如從地底響起的呻吟聲。

老死靈術士沉默地看著怨靈。

「喂、喂，沒事吧？」

「贊、贊札桑薩……」

佐佐和夏希不安地看著老死靈術士。

只見他一言不發地踏出步伐。

「你、你要去哪？」

「去地下。」

老死靈術士靜靜地回答。

「地下？」

「沒錯，祕密通道的盡頭有一座太古靈廟。」

他表示怨靈是這麼說的。

「靈廟的意思是……」

「裡面到處都是屍體吧。」

佐佐接續夏希的喃喃自語說了下去。

「就是這樣。只要能操縱太古的英雄，就算是大魔女阿卡緹雅也不在話下。」

「那還真不賴呢！要走嘍，夏希！」

「我、我知道了。」

死靈術士們意氣風發地朝地下靈廟邁進。

◆

「……好、好厲害。」

夏希的面前排列著超過一百具高位不死族騎士。

老死靈術士使用遺物的力量，將地下靈廟沉睡的大量遺體變成臣服於他的不死族。

「這裡的陪葬品也很驚人耶。不僅有寶石與黃金燭台，還有讓這些東西都黯然失色的魔法武器。」

拿著陪葬品的佐佐臉上露出卑劣的笑容。

「有點累了。那麼剩下的工作——夏希，你要不要試試看？」

「咦？我來？真的可以嗎？」

夏希眼睛閃閃發光地看著老死靈術士遞出的遺物。

「慢著！讓本大爺試試看吧，贊札桑薩。本大爺肯定能用的比夏希好上一百倍！」

「唔，好吧，你試試看。」

老死靈術士稍微想了一會，將遺物交給了佐佐而不是夏希。

「怎、怎麼這樣……太狡猾了。」

「怎麼？你有意見嗎？」

夏希不滿地開口抱怨，但被佐佐瞪了一眼就低下頭。

「順從我吧，死靈們！」

佐佐這麼一喊，整齊排列的棺材蓋子紛紛打開，不死族的騎士從裡面站了起來。

（感覺比被贊札桑薩變成不死族的騎士還要弱。）

雖然這麼想，但夏希並沒有說出來。

「還挺累的耶。」

「習慣之後就不會了。不如說你比老夫更有天分。」

聽到老死靈術士這麼稱讚，夏希不解地偏過頭去。因為無論再怎麼想偏坦，佐佐使役的騎士都明顯較為弱小。

「是嗎，說得也是啊。本大爺真厲害——」

受到稱讚的佐佐絲毫沒發現夏希的想法，自顧自地興奮起來。甚至到了要是附近有適合的樹，他會直接爬上去的程度。

在老死靈術士的催促下，佐佐一個接一個地將騎士化為不死族。

「佐佐，這是怨靈追加的情報。前面好像有很適合變成不死族的素材。」

「真不錯呢，正好覺得應付騎士有點膩了。」

這麼發下豪語的佐佐臉色顯得十分疲勞。

在他拖著沉重腳步前往的地方，有一座腐朽的王座。

王座上坐著一具沒有頭部與四肢的亡骸——

「這是什麼？不是只有身體嗎？」

「這是偉大之王的亡骸，只要能將之化為不死族，肉體的缺陷只不過是小問題。」

老死靈術士對瞧不起亡骸的佐佐低聲說道。

在後面觀察情況的夏希雙腳就像生根了一樣裹足不前。

（光是待在這裡就有種生命會被吸走的感覺。）

「……那個**不行**。」

某種不同於害怕，類似第六感的情緒在夏希心中激烈地響著警報。

但他們毫不在意夏希並繼續對話。

「雖然老夫沒辦法，但是佐佐，如果是你或許辦得到。」

「好耶，包在本大爺身上！就來大幹一場吧！」

被老死靈術士煽動的佐佐捲起袖子朝亡骸走過去。

「慢、慢著，那個不行，是不該接觸的東西！」

「哼，膽小鬼就閉嘴乖乖看著，讓你見識一下本大爺大顯神威的模樣。」

幹勁十足的佐佐將菜鳥的警告當作耳邊風視而不見。

「就、就說不行了——」

依然不斷試圖阻止的夏希被老死靈術士一言不發地制止了。

「——贊札桑薩？」

面對眼神冷酷地抬頭看著自己的老死靈術士，夏希一句話也說不出來。

「醒來吧，屍骸！這是世紀大死靈術士佐佐大人的命令！」

漆黑的霧氣從屍體冒了出來。

黑色霧氣化為人形，俯瞰自己的身體並環顧四周。

「很好，看來是醒了，過來這裡。」

即使滿身大汗，佐佐依然一副大功告成的表情。

『……過……來？』

「沒錯。這是你的新主人，佐佐大人的命令。」

『……命……令。』

人形霧氣慢慢朝著佐佐的方向走過去。

「在那裡就行了，停下來。」

就算佐佐下達命令，人形霧氣依然沒有停下動作。它走到佐佐的面前，用空洞的眼窩窺視著他。

面對彷彿直達深淵的深邃黑暗，佐佐感到害怕。

「我以魔王『死靈冥王』的名字下令！服從本大爺！」

接著他像要掩蓋這股恐懼似的放聲大喊。

『服……從——』

見到人形霧氣擺出順從的模樣，佐佐揚起嘴角。

『——要……我？』

正當佐佐理解這句話的意義，表情愣住的瞬間。霧氣鑽進佐佐的嘴、鼻子與眼睛裡。他就像麻痺了一樣既不逃跑也不轉頭，只是待在原地遭受蹂躪。

佐佐手上的頭髮如同生物般開始蠕動，綁住佐佐的身體捆了好幾圈，接著撕開他的衣服滲了進去。

「嗚哇、哇啊啊啊！贊、贊札桑薩！不好了！佐佐他、他被！」

夏希慌慌張張地向老死靈術士求救，但對方只是露出更加凶惡的笑容當作回應。

當所有霧氣都鑽進去之後，佐佐發出了不知道是慘叫還是嗚咽的呻吟聲。最後佐佐倒下，抽搐幾下之後就沒了動靜。

「——佐佐？」

夏希呼喚著佐佐的名字，戰戰兢兢地走了過去。

見到佐佐突然睜開眼睛，夏希發出「嗚哇」的尖叫聲後退幾步。由於太過害怕，他一屁股坐倒在地不斷發抖。

「是死靈冥王陛下吧？」

老死靈術士深信不疑地詢問。

「不知道。吾只是……沒有名字的……亡靈。」

操縱佐佐身體的某個人，用活著的人絕對無法發出的詭異聲音做出回答。

「可以請您將力量借給咱們嗎？」

「好睏。別妨礙……吾的睡眠。」

「明白了。請您好好安眠，老夫會封住入口讓任何人都進不來。」

「嗯。把無禮之徒的……殘骸也……處理掉。」

說完這些話之後，霧氣從佐佐的身體噴發出來，接著進入王座的遺體中消失了。

老死靈術士吩咐夏希將佐佐的遺體搬到暗門的外面。

◆

「贊札桑薩，你接下來打算怎麼辦？」

「當然是做死靈術士該做的事。」

老死靈術士將佐佐與遺物融合的屍體變成不死族。

「是失敗了嗎？佐佐的身體沒有發出『死者的聲音』耶？」

有天分的死靈術士能夠從死後不久的屍體或不死族身上聽見類似呻吟的聲音。

而夏希卻表示沒有這種聲音。

「這是咒具。」

「你說咒具嗎？」

「沒錯。佐佐的靈魂和身體受到魔王『死靈冥王』的殘留思念汙染，導致澈底變成了咒具。」

老死靈術士回答了夏希的問題。

（其實本來是想要支配那股殘留思念，但就算死了也還是魔王，即使用了遺物也沒能完成支配。雖然做了件對不起佐佐的事，不過老夫會好好利用你的屍體。）

看來老死靈術士會煽動佐佐，似乎是為了讓他替自己冒險。

「只要有這個咒物的力量，老夫的死靈術就能變得更強。正如陶洛斯們能夠強化眷屬，這個咒物也能進一步加強詛咒騎士們的力量。」

老死靈術士抓住身材嬌小的佐佐頭顱注入魔力，黑色的霧氣隨即從佐佐的嘴巴與眼睛冒了出來，纏繞到排列在靈廟的騎士身上。

此時一股像被火烤，又像冰冷刀刃切開的獨特觸感傳到感到害怕的夏希心中。

「贊札桑薩！入口的骨兵被破壞了！」

夏希與他所使役的不死族之間的聯繫斷了。

「是冒險者？」

「雖然也有冒險者，但是這個感覺應該是被神聖魔法給淨化了。」

「神官嗎？」

「大概沒錯！」

老死靈術士將死骸鴉做為使魔，命令其前去調查情況。

◆

「這裡果然有不死族！」

莫羅克祭司興奮地指著剛淨化完畢的白骨。

他們是一群為了解決從「邪神殿」出現的怨靈，從鄰近諸國神殿僱來的神官們以及擔任護衛的冒險者們。

「有氣息！我感覺到了不潔的氣息！」

「莫羅克祭司，請您不要一個人擅自行動！」

冒險者們朝獨自衝進邪神殿裡面的莫羅克追了過去。

剩下的神官們也跟著冒險者們的腳步踏進邪神殿。

「嗚喔喔喔喔喔喔！」

這時候莫羅克突然奮不顧身地衝過眾人的眼前。

「莫、莫羅克閣下？」

他並沒有回答一臉驚訝的神官們提出的問題，而是一溜煙地逃出「邪神殿」。

神官們愣了一會，但在聽到從邪神殿深處傳來的無數腳步聲和呻吟聲之後，個個都變得臉色發青。

「快、快逃啊！」

從比莫羅克晚一步逃出來的冒險者們身後，能看見由無數不死族組成的群體。

「你們是神官吧？快用『淨化』解決它們啊！」

「用不著你說。■■淨化！」

神官們異口同聲地詠唱神聖魔法，接連放出「淨化」。但別說讓不死族們解脫了，甚至無法停下它們的腳步。

神官和冒險者們紛紛將行李扔到地上，跟在莫羅克後面逃了出去。

「為什麼無法淨化啊！你們不是老是高高在上地說自己是聖職者之類的話嗎！」

「像我們這種普通神官怎麼可能解決那種高位不死族啊！」

「如果普通神官不行，那隻毛絨絨老鼠做得到嗎？」

「——毛絨絨老鼠？呵呵，莫羅克大人當然可以，畢竟他原本就是來對付怨靈的。」

面對莫羅克這太過貼切的外號，神官們忍不住笑了出來。

「莫羅克閣下！您應該對付得了吧？快點出手啊！」

「誰有辦法一口氣解決那麼多的高位不死族啊！淨化完前面的不死族之後，立刻就會被剩下的傢伙給淹沒的！」

「那您說該怎麼辦啊？就這樣直接逃走不太妙吧？」

「說得沒錯，莫羅克祭司。死者渴求生者，再這樣下去，它們會直接前往要塞都市阿卡緹雅。」

「我要重振旗鼓。只要有要塞都市阿卡緹雅的外牆保護，就能把他們徹底淨化殆盡！」

於是他們以要塞都市阿卡緹雅為目標，氣喘吁吁地在樹海迷宮裡奔馳。

不知疲勞為何物的不死族軍團，正一步步地追在他們身後。

◆

「呵呵呵，去吧！吾之軍隊啊！」

老死靈術士在不死族組成的軍隊中央得意地露出笑容。

他那年邁的身軀待在設置於巨大的龜形不死族——怨念鎧龜甲殼的高台上。

「不好了，再這樣下去，大家真的會死光的！」

坐在不死者陶洛斯肩膀上的夏希喃喃自語。

他因為自己參加的事成了一件出乎意料的大事，而不知該如何是好。

「看到了，是大魔女的塔。」

聽見老死靈術士興奮的聲音，夏希抬頭一看。

能從蛋殼外牆的縫隙間看見一座塔。

那是他從小看到大的塔。

一直以來佇立在那裡的高塔，接下來有可能因為自己犯下的惡行倒塌。

這讓夏希十分害怕。

「等著吧，阿卡緹雅！你馬上就是老夫的囊中之物了！」

老死靈術士彷彿對夏希內心想法不屑一顧，用有如演戲一般的誇張動作注視著要塞都市阿卡緹雅。

阿卡緹雅防衛戰

「我是佐藤，雖然海外有許多以防衛都市當作主題的故事，但國內好像不太常見。果然是因為戰國時代那種攻城戰的印象太過強烈的緣故嗎？」

「這裡就是吸血濕地嗎──」

我為了應付大商會的大小姐向勇者屋提出的交貨比賽，來到「吸血濕地」採集「潛地百合根」。

「──依照地圖情報，應該在這附近才對。」

來到濕地之後，為了不讓其他冒險者發現，我在緊貼雜草的高度下使用天驅進行移動。

濕地到處都是鱷魚或恐龍外型的魔物，來到這裡的冒險者們目標似乎都不是潛伏在地下深處的百合根，而是那些魔物。

「稍微挖得寬一點吧。」

我從魔法欄使用「陷阱」魔法，圍繞百合根不斷挖出深約二十公尺的坑洞。

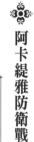

等了一會之後，百合根的一部分突破陷阱牆壁顯露在外，於是我用「理力之手」將其抓住並拖出來。

它的外觀感覺就像「蠕動的地下莖」，不斷扭動的身體看起來有點噁心。

我先從魔法欄用新魔法「黏著網」將其固定，再用妖精劍挖開魔核附近做出致命一擊。

用卷軸施展時就算是最弱的嘍囉也只能抓住幾秒鐘，不過從魔法欄使用的「黏著網」能發揮出相當不錯的捕捉能力。因為只要切斷魔力供給就會消失，接下來似乎能當作方便的非殺傷性捕獲魔法好好利用。

「難得來到這裡，稍微收集一些樣本吧——」

我花了大約三個小時，四處收集濕地的魔物、植物、礦物，以及能夠用來鍊成的各種樣本。即使樹海迷宮的魔物大多很弱，但因為數量很多，能夠不在意濫捕過頭的事輕鬆狩獵。

之後我找了個不會有人過來的地方，用魔法「陷阱」和「製作住宅」在地底下蓋了個藏匿處。也設置作為歸還轉移傳送點的刻印板，這樣之後便能隨時過來採集素材。

——嘰～嘰～

蝙蝠的叫聲在腦中響起。

是躲在蘿蘿影子裡的潛影蝙蝠傳來的。

那邊好像有狀況，於是我使用「歸還轉移」返回位於要塞都市阿卡緹雅的勇者屋。

「蘿蘿，我回來了。」

「啊！歡迎回來，佐藤先生。太好了，看來你還沒去濕地呢。」

聽到我的聲音，蘿蘿安心地鬆了口氣。就算說我已經去過也只會讓她混亂，因此我並未訂正，而是直接向她確認狀況。

「既然佐藤先生在的話就沒問題了。那麼我先走嘍，你們要早點去公會避難喔。」

店裡的常客諾娜小姐似乎在店裡。

諾娜小姐說完這些話就衝出勇者屋，總覺得她好像很著急。

「發生了什麼事？」

「不好了！聽說有一大群不死族正朝著阿卡緹雅移動。」

我照著蘿蘿的說法確認了一下，確實有一大群不死族正在朝這裡移動。

樹海迷宮不僅魔物數量眾多，還因為空間扭曲導致很難用平面圖看出魔物的關聯與移動方向，所以在聽她這麼說之前我都沒發現。

接近的是由各式各樣不死族組成的集合體。雖然光看數量十分驚人，但等級幾乎都在二十以下。比較強的只有大約一百隻的詛咒騎士，等級約在三十級到四十級前半。也有幾隻陶洛斯以及長得像古代陸獸的大型不死族。

魔族好像和這件事無關。由於之前在要塞都市內遇過，我在心中稍微戒備，但任何地方都沒見到魔族或魔王信奉者的身影。應該是多虧了費恩與緹雅小姐努力趕走他們的福吧。

「佐藤先生！沒問題的！我們阿卡緹雅有大魔女大人坐鎮！她會用很厲害的魔法解決那些不死族喔！」

「組人，安心。」

「組人，沒問題。」

「組人，伴手禮呢？」

蘿蘿跟倉鼠孩子們鼓勵著我。

看來我一言不發地進行地圖搜索讓他們擔心了。

不過年紀最小的倉鼠不是鼓勵，而是在跟我要禮物就是了。

「抱歉抱歉，我並不是覺得不安，而是在考慮要不要拿些慰問品去給參加防衛的冒險者們。」

「那樣的話——」

當蘿蘿打算回答時，大門「砰」的一聲被打開，穿著冒險者公會職員服的犀牛人男性走了進來。

「哼，是『沒毛的』店啊。由於情況緊急，根據阿卡緹雅的憲法，現在要徵收商品！」

對方瞪了我一眼之後，邊說邊把三張紙拍在桌上。

我看了放在桌上的紙。

「體力回復藥一百瓶、解毒魔法藥二十瓶，解除麻痺魔法藥二十瓶，保存食品三百份，箭矢則是有多少拿多少——」

雖然勇者屋還有庫存，但其他店家似乎會很辛苦。

我想著這種事，同時掀開第一張紙，接著皺起眉頭。

「這兩張是其他店的徵收書呢，還給您。」

職員見狀粗魯地將我交還回去的紙推了過來。

「我沒搞錯，你們最近不是靠趁火打劫賺了不少錢嗎？那兩間是虎人和獅子人辛苦經營的店，這次由你們替他們承擔。」

職員傲慢地擺起架子，挺起下巴頤指氣使地命令我們趕快照做。

我用扒手技能從打算接過那三張紙的蘿蘿手上抽出其中兩張，揉成一團之後塞進職員的嘴裡。

「我拒絕，請您去寫在徵收書上的店。」

勇者屋的庫存十分充足，所以要代替經營不善的店提供道具是無所謂。但他的態度有些讓人不快，等到他們真的撐不下去再出手幫忙吧。

「你說什麼！不過是個『沒毛的』！」

激動的職員伸手朝我跟蘿蘿抓了過來。

在我制服他之前，與一陣風一同現身的費恩先一步從後方抓住職員的頭將他拎起來。

「你想對蘿蘿做什麼？」

「嗚嘎，嗚嘎嘎嘎！」

職員似乎十分痛苦。

仔細一看，費恩的手指陷進了犀牛人那看似堅硬的頭部，總覺得非常痛。

「費恩先生，差不多可以放過他了。」

因為這樣下去狀況會變得很血腥，我請費恩放過他。

「唔！哪來的混蛋！啊？你、你是，不……您是大魔女大人的客人——」

怒火中燒的職員轉頭一看，但在發現費恩的身分之後臉色立刻變得蒼白，看來他似乎是個趨炎附勢的人。

「——給我滾。」

聽見費恩簡短的宣言，趴在地上的職員立刻連滾帶爬地離開勇者屋。

從雷達上來看，原本待在戶外的五隻骨兵依然留在原地，他們大概是負責把東西搬去冒險者公會吧。

「那、那個，謝謝你。」

蘿蘿走出櫃檯向費恩道謝。

「別在意，我得到的幫助更多。」

「咦？我做了什麼嗎？」

費恩沒有理會搞不清楚狀況的蘿蘿，轉頭朝我看過來。

「我去處理外面的敵人──蘿蘿就交給你了。」

「好的，請交給我吧。」

聽我這麼保證，費恩跟來時一樣如同風一般離開了。

看來他似乎是擔心蘿蘿才過來看情況，而且似乎覺得蘿蘿對他有恩。或許是蘿蘿在不知情的狀況下幫了他什麼忙也說不定。

「他有什麼事嗎？」

「誰知道？會不會是緹雅小姐拜託他『去看看蘿蘿的情況』呢？」

我對不解地偏著頭的蘿蘿這麼說，她便露出開竅的表情開始準備要送去公會的徵收品。

「原來是這樣啊。大家，一起來幫忙準備吧。」

「蘿蘿，幫忙。」

「蘿蘿，加油。」

「蘿蘿，喜歡。」

倉鼠孩子們跟著蘿蘿走進倉庫。

我完成魔法藥的準備，拿出好幾桶效果類似一般下級體力回復藥的加水魔法藥。

由於費恩會出手，我認為應該不會演變成長期戰，不過既然冒險者要參戰，說不定會出現不少傷患。

「這樣就準備完成了呢，那麼拜託各位了。」

蘿蘿禮貌地鞠了一個躬，骨兵們隨即用下巴發出喀噠喀噠的聲音，搬起貨物朝公會走去。雖然我不喜歡看恐怖片，但這裡的骨兵長得挺可愛的。

「那麼我們也去避難吧？」

「請等一下，或許還有客人會來，我想在店裡多待一下。」

既然有我在，蘿蘿他們不可能有危險，這裡就順著她的意願吧。

「我明白了。要是沒有客人上門，就要去避難喔？」

「好的，佐藤先生。」

事先準備好幾種經濟實惠套組，讓蘿蘿在客人上門時交給他們吧。

這時候有人叫住準備走進店裡的蘿蘿。

「蘿蘿！你有看到我兒子嗎？」

蠟燭店的婦人見到蘿蘿便跑了過來。

印象中她的兒子應該是蘿蘿的青梅竹馬，還是個死靈術士。

「您是說夏希嗎？我沒有見到他耶。」

見蘿蘿搖了搖頭，婦人用像在求救的眼神看著我。

我透過地圖進行確認，發現她的兒子位於要塞都市和不死族群體之間。他正坐在不死族陶洛斯背上，打算逃離不死族群體。從這個速度來看，大概不會被追上才對。

「令郎是死靈術士對吧？那麼他或許被公會招集了喔？」

畢竟他要是回到要塞都市，很有可能前往所屬公會進行報告。這麼做比起在陷入混亂的都市裡到處亂找安全多了。

「說得也是，我會去公會問問看。」

婦人先向我道了幾次謝後，帶著半信半疑的表情離開了。

等她離開之後，常客們接連不斷地來到店裡購買魔法藥及輔助道具。

「太好了，店還開著！」

「我們才剛從迷宮回來，還沒補給呢。」

「給這麼多真的可以嗎，小蘿蘿？」

「是的，當然可以。請各位一定要平安回來喔。」

「哦！包在我們身上，我們絕對會保護阿卡緹雅！」

常客們帶著笑容離開店裡。

我附贈了許多戰鬥中也能食用的試作能量棒，與能解除屍毒的魔法藥和體力回復藥，還送了刻有幸運符文的木牌護身符。畢竟才剛取得大量素材，送這點東西不成問題，除了我的勞力之外成本幾乎是零。

因為這些常客不會對蘿蘿講出「沒毛的」之類的歧視發言，令我不自覺地給了他們許多好處。

我一邊應付客人，一邊用空間魔法「遠話」把要塞都市的現狀告訴亞里沙她們。

『那不就糟了嗎！雖然有主人在場應該沒問題，不過我們也會儘快結束探索趕回去！』

『不，情況沒那麼緊急，不必著急也沒關係喔。』

『那麼，我們會在不受傷的情況下趕路。』

亞里沙這麼說完就切斷了通話。她們現在距離目標青蛙的所在地只差沒多遠，大概不會花多少時間。

當客人數量開始減少時，遠方傳來銅鑼以及類似爆炸的聲音。

「戰鬥好像開始了。」

「別擔心，蘿蘿。要相信常客與緹雅小姐他們的力量。」

就用空間魔法「眺望」和「遠耳」來確認戰況吧。

◆

『別隨便攻擊！聽從指揮官的指示！』

防衛隊與冒險者們似乎是從在蛋殼外牆上建造的陽台式閣樓，朝著在地上前進的不死族群體展開攻擊。

『弓箭要先附加過魔法，或是在箭頭塗上腐敗促進藥才能射擊！直接射出去對不死族沒有用！』

『火魔法隊跟火杖隊一起焚燒敵人的前線！就算失手也不要燒到荊棘結界！飛行型的不死族就交給風魔法使！』

『土魔法隊與水魔法隊，全力妨礙不死族前進！』

『光魔法隊不要攻擊，專心施展防禦魔法！它們可是會施展暗魔法跟詛咒的！』

老手們正在不停地幫菜鳥或不熟悉和不死族交手的人提供建議。

多虧了這個緣故，他們的攻擊很順利地蹂躪不死族的前線。

而費恩或許是沒有遠距離攻擊手段，只是站在防衛隊指揮所的旁邊雙手抱胸注視戰場，並未參加戰鬥。

大魔女似乎也沒有用上級魔法對付小嘍囉。

與其說要保存魔力與戰鬥力，感覺更像透過自己不出手來促使部下們成長和提升等級。

目前看來大概是因為指揮官很有能力，戰鬥在只有受到輕傷的情況下進行。

但是他們面對數量的暴力似乎也無能為力——

『不死族的前鋒已經碰到外牆了！爬、爬上來了！』

不死族們正逐漸沿著陡峭的外牆往上爬。

『要不要用油呢？』

『說得也是——不，等一下。』

一隻小鳥飛到指揮官身邊，停在他的肩膀上。

『大魔女大人下達了指示！別管牆壁上的不死族！戰略跟之前一樣！』

他們似乎都非常信賴大魔女，防衛隊和冒險者都沒有任何質疑地服從命令。

當爬上牆壁的不死族來到陽台附近時，牆壁突然發光將它們彈出去。不死族從高達數十公尺的高度墜落，並且砸在外牆下的不死族身上，受到沉重的傷害變得動彈不得。

原來如此，真有效率的殲滅方式。

雖然對方還沒出動主力，不過照這樣看來應該不需要我多管閒事，畢竟後方還有費恩和大魔女在嘛。

◆

「蘿蘿，慘叫。」

「蘿蘿，外面好奇怪。」

「蘿蘿，好可怕。」

聽見倉鼠孩子們的聲音，我從空間魔法那裡收回了視覺和聽覺。

先前透過大門窺探街道狀況的倉鼠孩子們跑了回來。

——是紅色光點。

雷達上正不斷冒出紅色光點。

我用縮地移動到門口，**以不會將其破壞的力道**，**小心翼翼地**將追著倉鼠孩子們闖進來的**骨兵**踢到大街上。

接著在確認街上沒有人之後，我用魔法黏著網將骨兵綁起來。一想到它們是某人祖先的骨頭，就沒辦法太過粗魯。

「那個是配送店的——」

身後傳來蘿蘿錯愕的呢喃聲。

聽她這麼一說，這些被綁住的骨兵身上的確綁著配送店的束袖帶。

慘叫聲再次傳來。

「蘿蘿！把門關上等我一下！」

我一面大喊一面朝慘叫的方向衝過去。

常在附近見到的鹿人女性鄰居被骨兵壓倒在地。

我用跟剛剛一樣的方式拉開骨兵，並留意著在不被女性發現的情況下用黏著網將骨兵固定住。

「請趁現在回家避難！」

「好、好的！謝謝你，勇者屋的先生！」

女性一邊整理亂掉的衣服，一邊往自己的家裡跑去。

看來她也把我當成了附近的鄰居。

確認地圖之後，發現要塞都市裡的骨兵都在襲擊附近的人，各個地方都發生戰鬥。

都市受到的損失比預料中小，大概是因為待在外牆的冒險者們有一部分回到都市內的緣故吧。

雖然想和往常一樣連續發射鎮壓人群用的「追蹤震撼彈」，但這麼做搞不好會將等級低落的骨兵給澈底破壞。顧慮到家屬的想法，我也無法輕易採取這種行動。但再這樣下去，市民當中或許會出現犧牲者。

「呀啊啊啊！」

勇者屋的方向傳來了蘿蘿的慘叫聲，以及某種東西被破壞的聲音。

雷達上顯示有骨兵闖進勇者屋的庭院。

我透過縮地趕回勇者屋，接著用黏著網讓骨兵失去行動能力。因為它早就被警備用的魔巨人抓住，導致我將魔巨人也一起黏在網子上。

「蘿蘿，不要緊吧？」

「是、是的，我沒事。」

倉鼠孩子們維持擺出戰鬥姿勢的模樣倒在蘿蘿的腳下，大概是被嚇昏了吧。

早知道會這樣，應該把勇者屋改建成要塞才對。

我把散發不滿氛圍的魔巨人從黏著網上釋放，將被它抓住的骨兵跟剛剛一樣綁住並扔到外面去。

「道路已確保安全！還沒逃走的市民快點去附近的公會避難！」

路上傳來一群男性的聲音，他們與其說是市政府的職員，更像大魔女的直屬部下。

這麼說來，諾娜小姐在我回來時好像對蘿蘿說過：「要快點去公會避難喔。」

「那麼，我們也去冒險者公會避難吧。」

「好的，我明白了。」

我與蘿蘿分別抱起兩隻倉鼠孩子及年紀最小的倉鼠離開勇者屋。

從地圖上來看，骨兵們似乎會被活人吸引，不會闖進沒有人的建築物。

往公會前進的路上，我們很自然地與同樣要去避難的人會合一同行動。

偶爾也會遇到襲擊避難者的骨兵，但它們立刻就被對自己的實力有自信的獸人男女打飛，用不著我多管閒事。不愧是在迷宮裡的都市生活的人，血氣方剛的人還真多。

「——啊。」

蘿蘿注視的方向是一座木材放置場，陰影處躲著一名年輕的死靈術士。

他整個人縮成一團，正在獨自喃喃自語。

「夏希？」

此人正是蠟燭店的婦人找了老半天的死靈術士兒子。

看來他似乎成功逃離不死族群體，逃進要塞都市。

「他的樣子有點奇怪，蘿蘿跟這些孩子在這裡等一下。」

我把睡得很舒服的倉鼠孩子們交給蘿蘿，往年輕人——夏希的方向走去。

「我、我沒有錯，錯的人是贊札桑薩。是那傢伙要我做的，我沒有錯。」

他好像快被罪惡感壓垮，正在逃避現實喔。

因為出現沒聽過的名字，我試著搜索了一下。發現那個叫贊札的人正待在外面的不死族群體後方。

「——你們是這次事件的主謀嗎？」

「你……你是誰？我……我什麼都不知道！不是我的錯，錯的人不是我！」

我單刀直入地詢問，但只是讓他變得更加逃避現實。

「那麼，錯的人是誰呢？」

「是……是誰？是贊——沒有任何人有錯，錯的是這個社會。是這個腐敗的社會在壓榨我們！」

或許是不想出賣同伴，他將責任歸咎的對象改成社會。

「夏希！」

發現兒子之後，蠟燭店的婦人從街道的對面跑過來。

似乎因為在死靈術士公會沒有找到人，她才會在這陣混亂中到處尋找吧。

「老、老媽……」

「你沒事真是太好了！」

婦人緊緊抱住夏希。

「放開我啦！妳為什麼要過來？為什麼老是做這種事啊！大家都把我當笨蛋。說我一個人什麼都辦不到，是個沒辦法獨自做好工作的半調子！為什麼大家都不肯認同我啊！」

夏希推開婦人，看著天空開始吶喊，跟母親交談時的語氣果然不同。

然而就算說他是在逃避也很奇怪，看起來也不像精神失常，總覺得有股不好的預感。

我開啟瘴氣視，發現夏希的胸口有個濃厚的瘴氣堆積物。

「失禮了——」

——呃。

他的胸口中心貼著一隻不屬於他的暗藍色手掌，瘴氣的源頭就是這個。

搞不好這就是骨兵失控的原因也說不定。於是我全力釋放精靈光，淨化了逐漸擴散的瘴氣。

「夏希！這、這隻手是怎麼回事？」

婦人注視著夏希胸前的手開口問道。

「吵死了！跟老媽妳無關吧！」

「那麼，貼在你胸前的『手』是怎麼回事？」

我再次向發脾氣的夏希提問，他表情激動地老實回答我。或許是審問技能產生了效果也說不定。

「是同伴植入的，說是要交給我一個重要任務。我說過不想這麼做了喔，但要是拒絕，自己也會跟佐佐一樣被變成咒具。」

夏希將敞開的上衣用力拉緊，喃喃自語似的小聲回答。

看來他好像被同伴當成用完即扔的工具。

「為什麼——」

「不能碰他。」

我將伸手打算觸碰咒具之手的夏希母親拉開，從懷裡拿出聖碑創造淨化的光塔。雖然有些華麗，不過要蒙混過去還是這樣比較好。

接著我用「理力之手」抓住愣在原地的夏希，以在巴里恩神國時從勇者身上去除魔神殘渣的方式，將咒具之手從夏希身上扯下來。即使有點棘手，但與魔神殘渣相比不值一提。

我用光魔法「幻影」播放咒具之手和聖碑一同化為灰燼的影像，同時把咒具收進儲倉。

接著將光消除，並對夏希的母親說聲：「我把它除掉了。」

夏希的母親靠在兒子身上哭了起來。

「剛剛你提到了重要任務對吧？你的任務是什麼？」

我想大概是讓骨兵失控，不過為了保險起見還是確認一下。

「我不知道啦！他只說了要我前往都市深處而已！」

「然後你就唯唯諾諾地照他說的話做了？」

還以為他至少會問自己身上發生什麼事。

「只能照做啊！我還不想死！如果死掉，就會和阿卡緹雅那些被隨便使喚的其他死人一樣，永遠被其他死靈術士當作奴隸，我才不想變成奴隸！」

他從中途開始憤怒地吐露心聲，表情也因為淚水變得一塌糊塗。

「老爸才不是奴隸！他是死後也為了讓我們幸福而繼續努力的！」

激動的小孩子衝進來掐住夏希的脖子。

不知道從什麼時候開始，四周有許多人停在原地看著我們，好像是被剛剛的聖碑吸引過來的。

「這個小鬼說得沒錯，我的父母也為了養育我而成為骨兵。在我能夠獨立後結束職責，回到阿卡緹雅的墳墓裡得到安息，絕對不是什麼奴隸。」

一名熊人男性將小孩從夏希身上拉開，靜靜地開口說道。

「死靈術士的老師曾經說過，要帶著敬意對待死者。這裡是位於迷宮中央的都市，每個人隨時都有可能拋下孩子死去。但是只要有死靈術士，就算真的發生這種事，死後也能夠養育孩子們，成為他們的力量。」

另一位女性表情自豪地對夏希開口。

「如果你也是住在阿卡緹雅的死靈術士，應該也很清楚這個道理才對。」

有著理性外表的鱷魚人男性這麼勸說。

「……不對。」

夏希露出疲憊的表情搖搖頭。

「哪裡不對？」

「你們只是聽不見死人的聲音才會這麼說。」

他用內心充滿糾結的表情說出這句話。

「不死族總是發出怨恨的聲音，你們只是被死靈術士公會和大魔女欺騙了。」

「才沒那回事呢！」

「就是說啊！」

周圍的人們否定了夏希的衝擊性發言。

「你看這個。我母親雖然因為完成使命返回墳墓，但她至今依然寄宿在這個護身符上守護我們。這股從護身符傳來的溫暖心意不可能是假的。」

猩猩人從胸口拿出由骨頭製成的護身符並將其舉起。

或許是瘴氣視的效果還在，我能在護身符上隱約看見一道重疊的女性身影。

「如果你是真正的死靈術士，應該能聽見我母親的聲音才對。」

「當然聽得見，她現在也很痛苦喔。」

——不對。

用瘴氣視的角度來看，寄宿在那個護身符上的母親就像脫了模一般潔白。

這代表她的身上沒有帶著瘴氣——也就是負面情感或是積怨。

「你說什麼——！」

「生氣了嗎？不過這是事實。」

就算胸口被男性揪住，夏希依然露出因為虐待心理而扭曲的自虐笑容抬頭看著對方。

與其說他在挑釁，不如說對對方的愚昧無知感到悲哀吧。

——難不成。

我用瘴氣視對夏希仔細觀察，才注意到那張蜥蜴臉的眉間有一個非常小的瘴氣堆積——

他被刻上了詛咒。

「請等一下。」

「少來礙事！」

「馬上就好了。」

我從旁阻止因為被夏希的母親抱住妨礙，而沒能將拳頭揮到他臉上的猩猩人。並朝著夏希的額頭伸出手。

「請你住手！他是個溫柔的孩子啊！」

身後傳來夏希母親請求的聲音。

「刻在你額頭上的這個是每個死靈術士都有的東西嗎？」

「額、額頭？我的額頭有什麼東西嗎？」

既然本人不知道，那麼是被人下了詛咒嗎？

於是我用遠比在拉庫恩島解開蕾伊的詛咒時，更加簡單的方式除去夏希的詛咒。

詛咒解開的瞬間，變成一隻下巴長著鬍鬚的青蛙惡靈撲了上來，但那只要輕輕揮手就消散了，所以不成問題。

「——贊札桑薩？」

見到惡靈的夏希小聲地說道。

大概是對那隻惡靈的外表有印象吧。

「感覺怎麼樣？」

「總覺得腦袋好輕鬆，你做了什麼？」

「你被詛咒了，再看一次他的護身符試試看吧。」

他照我說的話再次往護身符看去，接著露出驚訝的表情。

「妳、妳是剛剛的人對吧？」

夏希與寄宿在護身符上的女性靈魂展開交談。

「妳、妳不恨嗎？很滿足？」

我什麼都聽不見，所以他一定具備了某種技能之外的才能。

「原來真的不是奴隸嗎……」

夏希臉上充滿淚水，似乎覺得很羞愧地低下頭。

誤會能夠解開實在太好了。話說回來，雖然不知道下咒的人是誰，真是罪孽深重啊。

「找到你了！這個邪惡的死靈術士！」

此時穿著祭司服的男性推開人群走了出來。

我記得他應該是大魔女找來的祭司。

「那股瘴氣！不會錯的！在都市裡操縱死靈的人就是你吧！老夫要以赫拉路奧神之名制裁你！」

祭司氣勢洶洶地用手上的釘錘指著夏希。

我太早消除聖碑的光芒了嗎？

「請、請等一下，神官大人！」

「女人少礙事！」

覺得很礙事的祭司看了保護夏希的母親一眼，接著舉起釘鍾就打算揮過去，於是我衝到他們中間阻止了他。

「你這是什麼意思？」

祭司惡狠狠地瞪著站在他面前的我。

「請別隨便使用暴力。」

「別來礙事，小鬼！」

由於他再次舉起釘錘揮過來，我將其擋開制止了他。

「你要妨礙老夫執行尊貴的正義嗎！」

「這是因為您打算訴諸暴力。」

「你有什麼資格這麼做！老夫可是大魔女阿卡緹雅邀請過來的祭司大人喔！」

這個我知道。不過依照緹雅小姐的說法，他應該是被聘僱來淨化「邪神殿」的高位不死族才對。

「您是說大魔女大人命令您在都市內處理失控的骨兵嗎？」

「她……她沒有這麼命令！老夫是基於善意與使命感，才會前來消滅襲擊人們的邪惡不死族。」

祭司含糊其辭地說完之後，又驕傲地炫耀起自己的功勞。

「對了！我看到了！這傢伙用神聖魔法把骨兵們變成灰燼！」

「正是如此！老夫使用神聖的力量驅散了邪惡的不死族！」

祭司似乎以為自己受到稱讚，但告狀的青年臉上滿是厭惡。

「沒錯，是被你變成灰燼的……我已經、再也見不到我爸爸了。」

「你、你說什麼？」

「把人家的爺爺還來！」

「俺的奶奶也是！」

孩子們朝祭司扔出石頭。

大概是因為他們祖父母變成的骨兵被這位祭司給淨化了吧。

「老、老夫只是做了身為祭司理所當然的——」

「我知道喔！就是你們把外面的不死族引來阿卡緹雅！」

其他獸人男性打斷了準備找藉口的祭司所說的話。

「你說什麼？是這些傢伙的錯嗎！」

「不、不是啊！這是誤會！」

祭司拚命地辯解。

從那慌張地東張西望的模樣來看，把不死族引來要塞都市的人似乎真的是他。

「可惡！閉嘴閉嘴閉嘴！歸根究柢，都是死靈術士的錯不是嗎！對了！讓骨兵凶暴化的肯定是這傢伙不會錯！」

祭司為了轉移矛頭激動地說著。

但是這樣依然無法平息那些由家人遺骨變成的骨兵被燒成灰燼的人們的怒火，最終扔向祭司一行人的石頭越來越多，他們只好驚慌失措地逃離現場。

「夏希，真的是你讓骨兵襲擊人的嗎？」

「不是！我沒有錯，是把咒具植入到我身上的傢伙不好！我也是受害者，我——」

「夏希！」

夏希的母親朝再度開始主張自己是受害者的夏希臉上揊了一巴掌。

清脆的聲音響起，原本反覆說著同樣話語的夏希當場愣住閉上了嘴。

「如果你是個男子漢，就乖乖對自己犯下的錯負責！」

「老、媽？」

「我也會幫你承擔一半的責任。所以不要逃避，好好償還自己的罪孽吧。」

「老媽——」

被母親責備的夏希頓時啞口無言。

「知道了，我會負責。贊札桑薩說只要用這個就能平息騷動。用我的性命為代價——」

我從帶著堅毅的表情，打算發動某種東西的夏希手上搶過短角。

「你要幹嘛！」

「這是會把人變成魔族的邪惡魔法道具，就算用了它騷動也不會平息。不如說讓情況更加混亂才是他的目的吧？」

「怎麼會……」

夏希垂頭喪氣地跪在地上。

看來那個叫贊札桑薩的人，似乎是澈底把夏希當成棄子呢。剛剛夏希見到解除詛咒出現的惡靈時也開口說出這個名字，那麼詛咒夏希的人肯定也是他吧。看來是個非常心狠手辣的傢伙。

我搜索地圖，發現要塞都市內並不存在短角和長角。不過有可能是被那個叫贊札桑薩的傢伙藏進道具箱或魔法背包裡，這件事必須告訴防衛隊的高層才行。

「你知道贊札桑薩的目的是什麼嗎？」

「就是這裡。贊札桑薩說過要攻陷阿卡緹雅。」

「占領之後有什麼打算？」

「這我就不知道了，大概是想當國王吧？」

幕後黑手的目的是攻陷和占領要塞都市阿卡緹雅嗎……雖然可能還有其他目的，但只要跟本人確認就行了吧。

「你們在幹什麼！還不快點去公會避難！」

大魔女的直屬部下們開始驅趕聚在一起的人群。

夏希則被母親帶去自首。

不知道他會受到怎樣的懲罰，這應該會由大魔女和都市的司法來決定吧。

我一邊保護蘿蘿，一邊前往公會避難。

◆

「這座建築物四周設置了溝渠和防壁，很安全喔。」

在冒險者公會擔任職員的兔人女性用開朗的語氣向前來避難的人們說明。她應該就是所謂公會的櫃檯小姐吧，雖然毛絨絨的。

「而且這裡離邪惡不死族襲擊的地點最遠，或許是最安全的地方也說不定呢～」

兔子職員面帶微笑地說道。

「街上的騷動好像平息了，但為了安全起見，還是請大家暫時在這裡休息喔。」

用地圖確認了一下，發現阿卡緹雅內的骨兵們都平靜下來，並被送去死靈術士公會的地下靈廟進行隔離。

——嗯？

正在與防衛隊及冒險者交戰的不死族動作不太對勁。

還沒離開熱帶叢林的部分不死族分成兩隊，做出了看似繞過要塞都市的舉動，而死靈術士贊札桑薩這個幕後黑手好像還沒有展開行動。

其中一隊不死族以順時針的方向朝著我們過來，另一隊則是以逆時針方向做出同樣的行動，中途卻像迷路了一般變得離要塞都市越來越遠。看來有的人就算變成不死族依然是個路痴呢。

「佐藤先生，要去幫忙做賑災的料理嗎？」

「說得也是，好主意。」

「蘿蘿，幫忙。」

「蘿蘿，交給我。」

「蘿蘿，肚子餓了。」

我與帶著倉鼠孩子們的蘿蘿一起前去幫忙賑災。

因為他們三個看起來肚子都餓了，我便各分了一支樹枝黃瓜當作禮物。

「你們會剝蔬菜的皮嗎？如果會的話，來這邊幫忙洗菜吧。」

大家按照阿姨的指示一起進行作業。

倉鼠孩子們似乎很擅長洗菜。雖然嘴角流著口水，但因為才剛吃過樹枝黃瓜，所以有好好忍住沒有偷吃。

我一邊做事一邊確認地圖，發現為了對付不死族的分隊，已經派了幾支銀虎級的冒險者部隊過來。那麼應該沒問題了吧。

「技巧很熟練呢，你也會煮飯吧？那麼過來幫忙做道菜吧。」

「喂喂，饒了我吧。竟然要讓『沒毛的』做飯嗎？」

經過附近的冒險者不經意地口出惡言。

「不幫忙的傢伙少在那裡抱怨！『沒毛的』才好！因為他們可不會讓毛掉進菜裡！」

被負責指揮廚房的職員阿姨這麼一罵，口出惡言的冒險者如同字面上的意思夾著尾巴逃走了。

「說出『沒毛的』這種話真是抱歉啊。並不是所有獸人都討厭你們，請不要誤會了。」

「是的，我知道——」

外面的不死族入侵了外牆內部。

「怎麼了？」

「我肚子有點不舒服——暫時離開一下，後面可以交給您嗎？」

「嗯，沒問題，快點去吧。」

「不好意思。」

我在衝進廁所的同時使用空間魔法「歸還轉移」返回勇者屋，接著以風一般的速度趕往不死族入侵的地點。

看來不死族似乎是從走私犯挖好的地下通道入侵的。

聖留市和迷宮都市賽利維拉也發生過類似的事，這種人最擅長鑽漏洞了。

「可惡，武器沒有效果！」

「要纏上咒符！纏咒符！只要纏上大魔女大人特製的咒符，連死靈都能砍得到喔！」

獸人冒險者正在與二十幾隻的不死族交戰。

為了避免暴露身分，我將外套的兜帽拉得很低。

「它們不是打不贏的對手！因為我們這裡可是有『最接近金獅子級的男人』獅子人譚帕先生呢！」

「哇哈哈哈！少捧我！少捧我！」

現場有個一邊大笑一邊大殺四方的獅子人。

每當他揮動骨製大劍，就會有不死族被破壞並滾到一旁。他的等級有三十七，光靠他一個人就能輕鬆解決那些不死族雜兵了吧。

「下一個是穿鎧甲的耶！當自己是騎士嗎，哇哈哈哈！」

獅子人朝著從地下通道出口探出頭來的騎士型不死族跳了過去。

——不妙。

「別大意！那傢伙的水準不同！」

那個敵人的實力和陶洛斯冠軍相當，對他來說還太早了。

大概是聽見了我的警告，他用骨製大劍擋住詛咒騎士朝他毫無防備的身體橫掃過來的單手劍。

「單手就有這種威力嗎！」

「還沒完！」

詛咒騎士用持盾的手射出詛咒彈。

「嘿唷喔喔喔喔喔喔！」

獅子人發出莫名其妙的叫聲勉強閃過漆黑的子彈，以第一次與比自己高上五級的詛咒騎士交手來說，他已經做得很好了。

但是他能做的也就到此為止。

「啊咿耶耶耶耶耶耶耶！」

獅子人被詛咒騎士踢了一腳，劃出一道弧線飛過冒險者的頭頂。

發出奇怪的叫聲是他的習慣嗎？

「譚、譚帕先生！」

「替譚帕先生報仇——！」

他沒死他沒死，只是受了點挫傷跟被詛咒而已。

獅子人的隊友原本打算朝詛咒騎士進行突擊，卻被其他不死族擋住去路。雖然是敵人但幹得漂亮。

我趁著這個機會使用縮地衝到詛咒騎士面前，將注入大量魔力的魔刃纏繞在妖精劍上，將他連同盾牌及鎧甲一分為二。

接著就這麼衝進通道，將剩下的九隻詛咒騎士也一併解決。

縱然還剩下一些不死族雜兵，不過剛剛那些冒險者應該有辦法解決它們，於是我用「歸還轉移」返回勇者屋並悄悄地回到冒險者公會。當然了，我也用「理力之手」打開廁所的鎖，敬請放心。

「分部長！譚帕先生他們擊敗了打算侵入都市內部的不死族群體！」

「哦，譚帕嗎？或許是時候讓他接受金獅子級的升級測驗了呢。」

當我在分配做好的料理時，聽見了公會的兔子職員大姊姊這麼向熊人分部長報告。那個獅子人似乎平安地返回戰線，獸人果然很結實呢。

「分部長！」

一名職員衝到分部長的身邊講起悄悄話。

「大魔女大人派了使魔過來，據說不死族們終究還是登上外牆的閣樓。」

「嘖，收到好消息之後是這個嗎，然後呢？狀況不妙嗎？」

「目前好像還撐得住，但是據說還有不知道躲在樹海叢林裡的不死族數量究竟有多少這個不安要素。」

「然後呢，要我們幫什麼忙？」

「說是希望能夠收容在對面分部避難的市民，以及調查除了譚帕他們剛剛守住的地方之外，還有沒有其他入侵路線。」

「明白了，你去這麼告訴大家。」

分部長和秘書官開始討論糧食儲備和人員配置的事宜。

我在分配餐點的同時，用空間魔法「眺望」和「遠耳」確認最前線的狀況。

◆

『拿盾的，就算用撞的也要把不死族給我擋下！近戰的傢伙也別勉強解決它們，把它們打下去！』

剛步入老年的指揮官用沙啞的嗓音大喊。

防衛隊和冒險者們設法閃過數量遠多過己方的不死族們的攻擊，看準機會將它們舉起並扔下去。

『嗚哇，別過來別過來！』

被蜘蛛型不死族接近的鼠人火杖使用者發出慘叫。

鼠人就這麼被牙齒流著麻痺毒素的蜘蛛壓倒在地。

『嗚呀啊啊！』

聽見慘叫聲之後，餓狼級冒險者諾娜小姐用身體撞開壓在鼠人身上的蜘蛛。

此時其他甲蟲發出喀喀喀的聲音從後方攻擊諾娜小姐。

此時倒在地上的鼠人發出火彈展開迎擊。

『太大意嘍，沒毛的？』

『你背後也滿是破綻喔，老鼠。』

諾娜小姐的突刺彈開了猿猴型不死族手上的骨劍，接著鼠人的火彈擊中猿猴型不死族短兵相接而毫無防備的身體，做出致命一擊。

最前線的各個地方都上演著這種粗野的戰鬥，危險但勉強維持平衡。

『那是什麼？』

某位冒險者在解決掉一隻不死族之後，看著在熱帶叢林交界處布陣的不死族大本營，停下了動作。

此時有隻不死族趁機向他發動攻擊，但被其他冒險者收拾掉了。

『喂！別東張西望，你想死嗎！』

『抱歉。比起這個，你看那邊。』

『什麼？那些傢伙在幹嘛？』

待在不死族大本營的十幾隻詛咒騎士開始脫下身上的鎧甲。

『是因為太熱發瘋了嗎？』

『該不會是暴露狂吧？』

冒險者們一邊留意做出詭異舉動的詛咒騎士，一邊應付不死族的襲擊。

在眼角餘光的方向，眾人見到脫掉鎧甲的詛咒騎士們全力展開衝刺，將大型古代陸獸當成跳台用力一跳的景象。

『白癡啊，到不了的。』

『大概是變成不死族，連腦袋都腐爛了吧？』

冒險者一面發出嘲笑，一面收拾眼前的不死族。

原本守望冒險者們的費恩嘆了口氣，身體離開一直倚靠的牆壁。

越過拋物線頂點的三隻詛咒騎士接連開始墜落。

原以為它們會直接掉到地面，但是——

『在空中蹬了一下？』

『慘了——！』

『過來了！』

詛咒騎士在空中再度加速，撞破保護閣樓的障壁衝了進來。

費恩一腳將最前面的一隻詛咒騎士踢飛擊落，接著用在勇者屋購買的大劍將成功闖入的兩隻騎士其中之一砍倒在地。

最後一隻騎士連續射出漆黑的子彈襲來，但全都被費恩用骨製大劍給架開。

詛咒騎士原本打算直接衝過費恩身邊，卻突然雙腳踉蹌跌了一跤。仔細一看，才發現它的下半身已經結冰了。

由於跟不上情況的快速變化，冒險者們只能默默地看著這幅光景。

『別只顧著看，把它收拾掉。』

在費恩的催促下，冒險者們一個接一個揮劍砍向詛咒騎士解決了它。

『太棒了啊啊啊啊啊！』

『只要有費恩先生，就算騎士來了也能贏！』

『不死族騎士只剩七隻了！』

『大家，拿出幹勁來！要上嘍！』

『『哦哦哦哦哦！』』

士氣大振的冒險者們放聲吶喊。

但是戰場是無情的。樹海的交界處接二連三地出現詛咒騎士的身影。

『喂！快、快看那個！』

數量超過五十隻，至今仍不斷地有騎士從樹林深處走出來。

防衛隊和冒險者們的臉上浮現絕望，原本一臉從容地看著戰場的費恩也閃過緊張與覺悟的神情。

——此時劃過一道閃光。

接著爆炸聲及地鳴聲響起，隨後一股熱氣吹了過來。

白色火焰將樹海和要塞都市之間焚燒殆盡，地面變得像岩漿一般燃燒。

『大魔女大人！那是大魔女大人的魔法！』

『——不，不對。』

費恩如此喃喃自語。

事實上，火焰魔法是來自要塞都市阿卡緹雅與不死族群體的接觸線側面。

我沿著呈一直線燃燒的森林看過去，但法術的起點被樹海的盡頭擋住看不清楚。

『火焰魔法？大魔女大人用的不是大地魔法嗎？』

『但是除了大魔女大人，誰有辦法使用這麼大規模的魔法啊？』

『是這樣沒錯啦——』

地面再度傳出轟鳴聲，這次出現的是一道如同大瀑布的洪水落地四處濺起水花的海嘯。

『這次是水的大魔法？』

『到、到底發生什麼——』

在閣樓上見到這一幕的人們開口之前，海嘯的前端與岩漿狀的大地接觸了。

——就在這個瞬間。

蒸發的水化為劇烈的的暴風席捲地面、掀起樹木、撼動大地。就連遠方我所在的避難所都像遭遇直下型地震般晃動了起來。

簡單來說，就是慣例的水蒸氣爆炸。

原本白茫茫的視野在如同波紋狀反覆晃動的空氣波動影響下逐漸恢復清晰，露出慘不忍睹的大地。不光是熱帶叢林的樹木而已，連地面都被掀起，地形發生巨大的變化。

原本地面上接近一萬隻的不死族幾乎都被炸得四分五裂，只剩下運氣好躲在遮蔽物後方的一小部分而已。

就連保護要塞都市阿卡緹雅的蛋殼外牆也因為受到碎裂的樹木或岩石撞擊，表面滿是坑洞。從留有大魔女障壁的地方也受到傷害這點來看，更顯示水蒸氣爆炸的威力有多麼驚人。

直到剛才還是最前線的閣樓也變得殘破不堪，但不幸中的大幸是沒有人因此喪命。雖然有很多人因為衝擊波或爆炸聲導致鼓膜破損，但似乎沒有出現受到重傷生命垂危的人。或許是大魔女重新張設了結界也說不定。

『究竟發生什麼事……』

『……不是大魔女大人嗎？』

閣樓上的倖存者頭暈目眩地發起牢騷。

我將「眺望」和「遠耳」的焦點移到魔法的起點。

在那裡的是一片白銀。

『好耶——！把握得剛剛好！』

舉手歡呼的人正是紫色頭髮的幼女亞里沙。

『要上嘍，大家！』

『『『是！』』』『好喲！』

穿上白銀鎧甲的夥伴們被亞里沙的空間魔法轉移到戰場上。

不愧是亞里沙，很擅長搶風頭呢。

◆

『好了，輪到騎兵隊上場嘍！』

將高溫的蒸氣吹散，出現在戰場上的亞里沙高聲做出宣言。

這又不是西部片，就算說「騎兵隊」我想他們也聽不懂。

『只剩下骸骨騎士——詛咒騎士啊。大家！它們會用詛咒攻擊和毒攻擊，注意不要被打中嘍！』

亞里沙與夥伴們分享透過「能力鑑定」得到的情報。

正如同她所說，因為亞里沙和蜜雅放出的禁咒，大部分的不死族都已遭到殲滅。只剩下躲在遮蔽物陰影處的三十隻詛咒騎士，以及一隻名叫怨念鎧龜，體型跟民宅差不多的巨大烏龜而已。

更何況它們也不可能毫髮無傷，全身冒著蒸氣的詛咒騎士們只剩下不到一成的體力，怨念鎧龜也因為身體翻覆導致無法順利行動。

——CZRRRZ。

其中一隻詛咒騎士發現亞里沙她們隨即衝了過去，其他詛咒騎士也跟在後面。

『瞄準，射擊！』

露露的連續狙擊依序擊倒第一波的五隻詛咒騎士。

『生鏽的鎧甲無法保護身體，我這麼警告道！』

娜娜帶著挑釁技能的吶喊吸引了詛咒騎士們的注意。

『唔——盾擊，我這麼告知道！』

衝在最前面的詛咒騎士衝刺被娜娜用盾牌擋下，隨後娜娜使出盾擊破壞對方的平衡，再用附帶魔刃的劍刺穿那名詛咒騎士的脖子將其解決。

——CZRRRZ。

接著她用從劍聖那裡學來的斬斷魔法技術應對漆黑的詛咒子彈。

混在漆黑子彈裡扔出的石頭也一樣。

『飛行道具對我無效，我這麼宣言道。』

面對在盾牌後方如此宣言的娜娜，十隻詛咒騎士接二連三地跳過來打算將她壓死。

而她雖然被巨大的身軀覆蓋，卻仍舊沒有被壓垮。

證據就是——

『「堡壘防禦」發動，我這麼告知道。』

伴隨娜娜的吶喊同時產生接連數層的防禦障壁要塞，將詛咒騎士們彈飛出去。

一道影子如同貼在地面般向拉開距離的三隻詛咒騎士逼近。

『嘿——喲！』

波奇在三隻詛咒騎士之間穿梭，接著猛然停下腳步將魔劍收回鞘裡，最後發出「喀鏘」的入鞘聲。

彷彿是以那道聲音作為信號，詛咒騎士們七零八落地碎了一地。

『在波奇的居合拔刀面前，惡即斬斬喲！』

即便被詛咒騎士龐大的身軀擋住導致我沒看見，不過波奇似乎是用居合拔刀使出的連續必殺技。

『忍忍～』

披著粉紅色斗篷的貓忍者一邊以毫釐之差閃過攻擊，一邊穿過詛咒騎士們的身邊。

與波奇不同，她看起來沒有打算拔劍。

『忍法，影縛～？』

接著當她擺出可愛姿勢發動忍術之後，詛咒騎士們的身體立刻被腳下伸出的影子纏住並五花大綁。

看來好像是在極近距離穿過它們身邊時，就做好了使用忍術的準備。

接著一道拖著紅色光芒的身影逐漸逼近無法動彈的詛咒騎士們。

『瞬動，螺旋槍擊——連續！』

莉薩連續使用必殺技，接連解決七隻詛咒騎士。

——ＣＺＲＲＲＺ。

或許是學乖了，剩下的詛咒騎士在射出漆黑子彈進行牽制的同時分成三隊，趁著中央的隊伍纏住前衛的時候，左右各分出五隻騎士朝後衛三人組發動攻擊。

『格諾莫絲。』

地面在蜜雅下達指示的瞬間隆起，將後衛成員移動到安全區域。

其中三隻詛咒騎士沿著隆起的地面衝上去並跳起來，在空中揚起嘴角看著後衛成員。

『你已經死了。』

亞里沙也露出無畏的笑容，說出類似世紀末救世主之類的人會說的台詞。

雖然詛咒騎士們被空間魔法「次元斬」砍掉腦袋，但由於它們本來就是不死族，這種程度無法讓它們停止活動。

這些詛咒騎士就像無頭騎士一樣，在身首分離的狀態下向後衛成員衝了過去。

『——呃，真的假的？』

『不夠小心。』

蜜雅這麼說完，腳下的地面立刻冒出岩石尖刺刺向詛咒騎士。

尖刺沒能刺穿詛咒騎士的鎧甲，可是那股質量與動能仍將它們往後打飛。

——CZRRRZ。

真不愧是高等級魔物，詛咒騎士並不會就此任人宰割。

而是雙腳在空中一蹬，嘗試再次進行攻擊。

不過——

『瞄準，射擊！』

露露用威力堪比固定砲台的輝焰槍，從詛咒騎士們的鎧甲縫隙處逐一射穿了它們的心臟位置。

趁著展開攻防戰的機會，留在地面上的七隻詛咒騎士放棄攻擊後衛成員，轉頭往要塞都市的方向跑去。

雖然露露的狙擊和亞里沙的火魔法將它們一個個擊倒，但將同伴當成盾牌的兩隻詛咒騎士依然逼近要塞都市。

「我們也要上了！」

包含金獅子級冒險者的兩支冒險者隊伍從失去防禦機關的閣樓上沿著外牆滑降下來。

他們似乎打算跟詛咒騎士們交手。

「這些傢伙是怎麼回事，強得要命耶！」

「實力與冠軍不相伯仲，甚至在那之上！」

詛咒騎士沉重且刁鑽的攻擊將冒險者們擊退，身上厚重的鎧甲也能輕易彈開冒險者們的攻擊。

「靠攻擊次數爭取時間！」

「別讓對手使出大招！」

獸人冒險者靈活地穿梭自如，用打帶跑的方式輪番對詛咒騎士展開攻擊。

「趁現在——鐵獸斬壁！」

熊人冒險者朝露出明顯破綻的詛咒騎士施展了必殺技。

這是一招用速度快到能讓巨大的骨製大劍劍尖變得模糊的不斷劈砍的豪爽招式。

「螺旋槍擊！」

豹人從詛咒騎士的背後使出莉薩擅長的正統槍系必殺技。

纏繞在槍上的紅色魔力光芒畫出螺旋，撕開了騎士背甲上的裂痕。看起來十分華麗，但這麼一來會因為魔力消耗過度而無法連續使用吧。

他是刻意提升威力或貫通能力的嗎？

——CZRRRZ。

詛咒騎士犧牲一隻腳踢飛熊人冒險者，並瞬間轉身掃出一劍將豹人給打飛。雖然豹人馬上扔掉長槍逃過了死亡的命運，依然受到會噴出內臟的重傷。

『上吧！雷歐潘！』

『嗚喔喔喔喔喔喔喔喔！』

一名獅子人冒險者從後方起步衝過來，並在全身冒出紅色魔力光芒的瞬間向上一跳。

『——獅子王斬！』

使出一招劃出弧線，由上往下劈砍的必殺技。

如同要將骨製大劍擴大般伸長的紅色魔刃分成四片，如同獅子爪子撕裂了詛咒騎士，連地面也被深深挖開。

確信自己即將獲勝的獅子人揚起嘴角。

但是他大意了。這的確是能將普通生物，不，就算是一般不死族也能確實打倒的一擊。

但詛咒騎士並未因此停下動作。

——CZRRRZ。

詛咒騎士舉劍往上一揮，朝著獅子人放完必殺技之後毫無防備的頭部逼近。

『——休想得逞。』

透明的盾牌將詛咒騎士的劍擋下，那是亞里沙的「隔絕壁」。

於此同時，獅子人再度使出了必殺技。

『嗚喔喔喔喔——昇牙！』

獅子人的必殺技貫穿詛咒騎士的心臟，給予致命一擊。

看來他似乎從一開始就知道那招有可能沒辦法打倒詛咒騎士，以為他大意了真是抱歉。

『另一隻——』

已經被費恩解決掉了。

『差距大到這種地步，連忌妒都顯得可笑呢。』

『說得沒錯，這句話對在那裡交戰的小姐們也適用呢。』

冒險者們看著已經結束和詛咒騎士們戰鬥的亞里沙她們。

『她們是什麼人？好像是半個月前來到這裡，突然就變成「銀虎」的「沒毛的」吧？』

『這下可不能用「沒毛的」來取笑她們了。』

『說得沒錯。』

『你們幾個！在閒聊之前先擔心一下本大爺吧！』

不久之前內臟從肚子露出來的豹人大聲喊著。

隊伍裡的回復成員衝到他的身邊，如同字面上的意義將昂貴魔法藥像開水一樣大量用來治療他的傷勢。

『你不是挺有精神的嗎？』

『話說回來，那玩意兒還真強耶，該不會比冠軍更堅固又強悍吧？』

『而且不只耐打得要命，最後的垂死掙扎也超恐怖。真虧你躲得掉。』

『不，有人用魔法幫我擋住了。如果沒有那個，頂多是同歸於盡吧。』

獅子人朝亞里沙她們看了過去。

大概察覺到視線，亞里沙站在隆起的地面上對他們做出勝利的手勢。

費恩絲毫不理會聊著這些內容的冒險者們，往亞里沙她們的方向走去。

『格諾莫絲，放下來吧。』

隆起的地面恢復原狀，我的夥伴們互相會合。

——哦，大概是拜一開始的禁咒所賜，亞里沙的等級提升了。其他孩子則維持原狀。

『那邊好像也解決了呢。』

亞里沙語氣輕鬆地對朝著自己一行人走來的費恩搭話，但他直接穿過夥伴們身邊，逕自往怨念鎧龜走過去。

費恩用骨大劍的背面從下方將怨念鎧龜打到空中，同時壓住怨念鎧龜想要活動的頭部，將甲殼硬是扯下。

接著把甲殼往後一扔——

『嗚哇哇哇，很危險耶！』

差點被砸到的亞里沙大聲提出抗議。

費恩並未加以理會，而是跳到了四肢不知何時被冰住的怨念鎧龜背上，將骨製大劍刺了進去用力切開。

『他在做什麼——呃。』

亞里沙應該用空間魔法跟我看見相同的畫面吧。

因為太過血腥我不想詳細說明，不過有兩名死靈術士躲在由黏糊糊地牽著黏液的腐爛內臟組成的地方。

費恩抓住兩人將他們拖出來。

因為兩發禁咒的影響，他們似乎都昏過去了。

『——好臭，臭死人了。』

『嗯。■……』

蜜雅用泡洗淨清潔兩名死靈術士。

或許是覺得非常臭，費恩也一言不發地看著這幅光景，畢竟狼的鼻子比人更靈光嘛。

『那麼——』

『嗯。■■小衝雷。』

亞里沙使了個眼色，蜜雅隨即用精靈魔法放出小雷電，硬是打醒兩名死靈術士。

『嗚嗚……』

雖然中年人只是眼神空洞地發著呆，但老人已經回過神來了。

『你們就是幕後黑手吧？』

『可惡，明明只差一點阿卡緹雅就要落入老夫手中了。』

被費恩搭話的老死靈術士贊札桑薩露出一副感覺會流出血淚的悔恨表情。

『這個是士兵嗎——不，是咒物啊。』

費恩揮動骨製大劍，砍下中年死靈術士的頭。

於此同時，怨念鎧龜停止活動。看來是中年死靈術士在強化不死族。

接著費恩將骨製大劍指向老死靈術士。

『慢、慢著！你要是殺了老夫，要塞都市會毀滅喔！』

『胡說八道——』

『——娜娜！』

娜娜用瞬動介入擋住了費恩的大劍。

『別礙事。』

『急性子會吃虧，我這麼告知道。亞里沙，說明。』

娜娜面無表情地說道，並將話題交給亞里沙。

『我說，老爺爺，你要怎麼毀滅要塞都市呢？』

『那從身體滿溢而出的魔力，妳就是剛才操縱火焰的稀世大魔法使嗎？不知道要塞都市存在妳這種豪傑是老夫的疏失。』

『哎呀——像這樣陳述事實很讓人害羞耶～』

『不，亞里沙。妳應該詢問正事，我這麼忠告道。』

『啊，說得也是。』

亞里沙再度向老死靈術士打聽方法。

『老夫已經將一部分的部下派往「城堡」了。要是老夫死亡，它們就會從正門進攻「城堡」。』

——啊。

那個時候迷路的部隊，原來是進攻「城堡」的分隊啊。

因為附近沒有除了阿卡緹雅之外的居住地，當它們遠離之後我就沒有繼續追蹤了。

『這是為什麼——呃，不會吧？』

『正是如此。那些部下應該會被陶洛斯的精銳打倒吧。但是領地受到侵擾的陶洛斯們將會憤怒地派出軍隊——以這座要塞都市為目標。』

『主人！你了解情況嗎？』

亞里沙沒有理會得意洋洋地露出奸詐笑容的老死靈術士，向我傳來通話。

『我知道。那支分隊目前在「城堡」的內牆前面，泰格他們正為了不讓它們繼續前進努力奮鬥，但能否阻止好像還很難說耶？』

『不太妙呢。』

『那邊交給我就行了。比起這個，他好像還有什麼企圖。』

老死靈術士的表情並不像已做好死亡覺悟。

『我知道，已經提醒莉薩和大家不要放鬆警戒了。』

亞里沙做出可靠的回答。

因為順便想起某件事，於是我為了保險起見提出警告。

『被那傢伙當成棄子的青年帶著「短角」，所以他身上很有可能也帶著，要小心喔。』

畢竟老死靈術士雖然沒有道具箱，但或許還藏著其他的殺手鐗也說不定。

『嗯，我會把這件事也告訴莉薩她們。別擔心，我們絕對不會大意。』

亞里沙堅定地做出回答。

照這個情況來看，這邊應該能放心交給她們。

好了，現在就趁著在「城堡」奮鬥的泰格他們還沒出現犧牲者之前趕去幫忙吧。

◆

讓意識回到自己的身體上時，才發現蘿蘿正盯著我的臉看。

「佐藤先生，剛剛爆炸和震動結束之後就變得很安靜呢，會不會已經結束了啊？」

「不知道耶？我稍微去跟公會的人打聽一下吧。」

「那我也——」

我制止了想開口要求同行的蘿蘿。

「麻煩蘿蘿照顧這些孩子。」

倉鼠孩子們又因為剛剛的爆炸聲和震動而昏倒了。

「好的，我明白了——」

蘿蘿先是點了點頭，接著低頭擺出一副欲言又止的表情。

「——佐藤先生，請你不要受傷，平安無事地回來喔。」

「嗯，那當然。」

我答應了強忍憂慮露出笑容的蘿蘿。

看來她已經在某種程度上察覺到我打算去做什麼了。

「我跟妳約好了，會毫髮無傷地回到這裡。」

畢竟我們可是「不見傷」的潘德拉剛嘛。

死鬥

「我是亞里沙。即使在青春期會覺得父母的操心很煩人，但我認為人們的內心某處還是會依靠父母，並在不知不覺間變成一種依賴，直到失去了才會發現這件事呢。」

「好了，趕快解開這個束縛！否則老夫就要讓死靈軍隊衝進『城堡』了！」

名叫贊札桑薩的死靈術士老頭得意洋洋地大喊。

「那麼趁你下令之前殺了你就行了。」

「慢、慢著！要是殺了老夫，軍隊就會脫離老夫的控制，直接襲擊附近的生者──『城堡』裡的陶洛斯！你們只是在加速滅亡罷了！」

因為攸關自己的性命，他的語氣相當拚命。

明明早就下了命令，還真敢說耶。

或許是覺得不能讓陶洛斯發生暴動，長得像狼人的費恩先生並未揮下舉起的劍，表情十分懊悔。

「我說，可以打擾一下嗎？」

「幹嘛，小姑娘？」

贊札桑薩的手腳明明已經被費恩的魔法給冰住，態度卻一如既往地傲慢。

不，他只是在虛張聲勢，畢竟聲音正在發抖。

「使魔告訴我了，不死族的軍隊早已衝進『城堡』裡面了喔？是因為被泰格先生他們阻止，才沒能抵達內門。」

我將從主人那裡得到的情報說了出來，贊札桑薩的表情當場僵住。

「不、不可能！老夫還沒有下達入侵命令！」

他顯得非常狼狽。

難不成那件事對他而言也是個意外嗎？

「那麼就不需要放你一馬了。」

費恩帥氣的狼臉上冒出殺氣。

「慢著！老夫的手段可不只這個！」

「還打算繼續胡說八道嗎——」

「是真的！現在就讓你們看看證據！」

為了砍下贊札桑薩的腦袋而揮落的劍在他的脖子旁停了下來。

我想他百分之一百二十是在虛張聲勢，不過費恩先生是為了以防萬一才沒有動手吧。

「哈啊……哈啊……哈啊——『開啟吧』。」

臉頰因為冷汗變得黏糊糊的贊札桑薩一邊大口喘氣，一邊說出了類似開啟道具箱時用的指令。

不過，真是奇怪，這傢伙應該沒有寶物庫技能才對。

現在也什麼事情都沒發生，果然是在虛張聲勢？

「拿出來。」

贊札桑薩**向某人下達命令**。

包含我在內的所有人都開始東張西望。

「找到了~？」

小玉爬到被扯下甲殼的烏龜身上，伸手指示的地方出現一個看似道具箱的漆黑立方體。

接著一隻宛如木乃伊般的乾枯手臂伸了進去，從裡面拿出一隻短小的角。

那就是主人提過的「短角」。

「小玉！」

「Yes Sir~？」

小玉從那隻乾枯的手上搶走短角。

「以吾之慾望為糧食——」

小玉手中的短角開始冒出瘴氣。

——不好了。

「小玉！」

「扔掉它！快點！」

莉薩小姐發出大喊。

「系。」

小玉毫不猶豫地扔掉短角。

「展現暴虐之力——」

「只是陷阱嗎？」

費恩用骨製大劍砍下了贊札桑薩的頭。

他的腦袋在戰場上滾動——慘了，滾動的頭和被扔掉的短角像被某種事物吸引般逐漸靠近。因為對那種東西使用「吸引物品」感覺也很討厭——

「——隔絕壁！」

我做出隔開兩樣物體的空氣牆。

「可惡、可惡、可惡！」

「嗚哇，人頭說話了！」

他好像因為過於懊悔變成惡靈了，真不愧是死靈術士。

「毀滅吧。」

費恩用骨製大劍把贊札桑薩的頭砍成兩半，並在完全結凍之後再打碎。

下手真澈底呢。

「咕哈哈哈，老頭子死掉了噗——」

「喵哈哈哈，老頭子也下地獄了噗——」

「哇哈哈哈，老頭子獻上了好多生命噗——」

戰場上響起了宛如不協合音的詭異聲響。

「——魔族。」

三隻……不對，越來越多的下級魔族從烏龜的影子裡冒出來。

牠們每隻都是一副有著樹皮般的皮膚，身上只有嘴唇或耳朵之類的部分臉部器官，再加上四肢的詭異模樣。

「究竟是從哪裡……」

「真希望他能早點用召喚卵噗——」

真不甘心，剛剛的短角似乎只是為了吸引我們注意力的誘餌罷了。

「世界充滿死亡噗——」

「舞台準備好了噗——」

「主人要降臨了噗——」

「絕望吧人類們噗——」

魔族們在地面上跳起了舞。

雖然娜娜跟露露分別用理槍和輝焰槍展開攻擊，但魔族們就算身體的一部分被打飛也依然不停地跳舞，更何況飛散的碎片又變成其他小型魔族，連攻擊是否生效都很難判斷。

「喵！」

在小玉發出慘叫的同時，植物的嫩芽從烏龜下方竄出，瞬間成長為巨大的樹木，最後變成詭異的人型怪物。

——上級魔族。

根本不必用「能力鑑定」技能進行確認。

牠那壓倒性的存在感就是這麼顯示的。

希嘉王國博物館看到的原色上級魔族中應該不存在這個傢伙，但牠的實力足以匹敵在巴

「莉薩小姐！」

「「「方陣！」」」「喲！」

獸娘們啟動鎧甲上搭載的拋棄式防禦盾方陣，在娜娜張設的堡壘內側展開三層障壁。我也用隔絕壁從內部支撐堡壘。

「到達極限了，我這麼告知道——自在盾！」

最後堡壘被打碎，娜娜拚上盾牌、魔法以及所有技能將被三重方陣削減威力的破壞光線軌道往上空偏移。

——咕嘿。

娜娜雙腳離開地面，和我們一起被轟飛出去。

在天旋地轉的視野中，看見的是剛被打出垂直裂痕的蛋殼外牆。

「……總算是撐過去了呢。」

「不甘心，我這麼告知道。」

平時總是面無表情的娜娜稍微皺起眉頭，剛剛的攻擊似乎傷到了娜娜的自尊心。

「沒辦法，剛剛的攻擊能與魔王相提並論。」

「要是它能連續使出那種攻擊，就算是神獸也很不妙吧？」

因為遠方時而有樹木飛上半空、時而冒出煙塵，我想目前應該還是勢均力敵吧。

「別擔心，人族的女孩。」

空中傳來女性的說話聲。

我抬頭一看，一名魔女拿著裝飾過於華麗的長杖降落。

她一身寬緣帽搭配奢華黑色斗篷的打扮，從裙襬下方窺見的纖細雙腿似乎穿著飛翔靴。

「終於輪到**大魔女大人**登場了嗎？還是說應該用弟子的名字稱呼妳比較好呢？」

我對著對用寬大的帽緣遮住面容的大魔女阿卡**緹雅**如此說道。

「所以我才討厭轉生者或是勇者啦，隱蔽和偽裝的魔法道具都沒有用。」

她聳了聳肩，並將語氣從大魔女模式改回弟子（緹雅）。

「有破綻噗——」

「先解決掉小嘍囉噗——」

附身在小蟲子身上接近的下級魔族朝我們撲了過來。

「才沒有什麼破綻啦。」

「真是的，如果想偷襲請你們先消除瘴氣吧。」

我用隔絕壁擋住下級魔族的衝撞，緹雅則放出土魔法「綠柱石筍」將牠們貫穿並化為黑色霧氣。

「是喲！藏得住尾巴藏不了瘴氣喲！」

「耶耶～」

波奇和小玉用魔劍將下級魔族連同附身的蟲子一一解決。

「「一起上噗——」」

得知偷襲失敗，下級魔族們一同解除附身狀態衝了過來。

「……■急膨脹。」

「掃射，開始！」

蜜雅先用水魔法將魔族們掀飛到空中，露露再以連續射擊射穿了魔族的要害。

「空步——螺旋槍擊！」

「次元斬！」

頑強地殘存下來的兩隻，也被莉薩小姐衝向空中的必殺技跟我的空間魔法給解決了。

「這樣就結束了嗎？」

「還沒。」

小玉回答了大魔女左顧右盼之後說出的自言自語。

「嗯，瘴氣。」

蜜雅指著甲殼被扯掉的烏龜。

一道看似汙泥的身影從地面上站了起來，殘骸從他身上不斷掉落。

「呣咿咕耶啊嗚喔喔喔喔喔喔！」

老死靈術士的臉從汙泥構成的身體上浮現，那名眼神空洞，看似是他同伴的中年死靈術士的臉也在。

本來是臉部的地方現在一片平坦，應該是額頭的位置長著一根長長的角。

他的等級是五十五，還同時具備魔族與不死族兩種屬性。

「──贊札桑薩，都老大不小了，還在做什麼啊？」

「嗚啊啊啊卡緹緹緹緹雅啊啊啊啊啊！」

他喊出了大魔女的名字。

看來那傢伙似乎認識她。

「他就交給妳對付吧？」

「抱歉嘍。因為感覺會很花時間，可以請妳們去援護費恩先──神獸嗎？」

「真沒辦法呢，妳欠我們一次喔。」

「知道了，感激不盡。」

大魔女壓住自己寬大的帽子邊緣，如同長槍般舉起長杖。

「要上嘍，贊札桑薩。可別期待會有溫柔的擁抱喔。」

「嗚啊啊啊卡緹緹緹緹雅啊啊啊啊啊啊！」

中級魔族的腳下出現無數的綠柱，殘忍地貫穿了牠們的身體。

因為看起來沒有詠唱的跡象，我想那把杖應該是某種祕寶吧。

「保護大魔女大人！」

「讓他們見識一下金獅子級的骨氣！」

冒險者們好像想成為保護大魔女的盾牌。

據說支配源泉的魔法使能夠使用龐大的魔力，更何況還有冒險者們擔任護衛，應該沒問題吧。

「大家，我們走吧！」

於是我們出發前往第一個轉移點。

◆

「——呃，費恩先生這不是已經遍體鱗傷了嗎！」

換好黃金裝備後，我們來到神獸與上級魔族展開怪獸大決戰不遠處的大樹上確認狀況。

「請看那邊，那個魔族擁有非常驚人的自我恢復能力。」

從莉薩小姐手指的方向，可以見到上級魔族身上長出新芽填補被神獸撕裂的傷口，並在轉眼間恢復成原本的樹皮表面。

「魔法無效化？」

「是的，蜜雅。牽制用的下級魔法會失去效果，我這麼判斷道。」

神獸似乎也是以會失去效果為前提，使用著廣範圍的下級魔法當作障眼法。

「揹著什麼東西～？」

「一定是大砲的人喲！波奇知道喲！」

「真的嗎？」

「嗯，我也看到了。在使出剛剛的光線攻擊之前，牠把那個大砲夾在腋下。」

不光是波奇，露露好像也目擊到了。

「那麼，把那個也當作破壞目標比較好呢。」

「要是來不及阻止砲擊發射，就像剛剛一樣堆疊堡壘和方陣來應付吧。」

「不，亞里沙。下次我一定會擋住，我這麼告知道。」

「不行。」

蜜雅制止了幹勁十足的娜娜。

「沒錯。雖然覺得黃金裝備的娜娜應該能擋得住，但不需要勉強冒險。要是受了傷，主人可是會難過喔。」

「已接受安全至上的提議，我這麼告知道。」

娜娜想了一會之後點點頭。

「——啊！神獸先生他！」

神獸撞碎樹木滾了過來。

糟糕，事前說明好像講太久了。

「第二回合，要開始嘍！」

我在做出宣言的同時發動「戰術輪話」。

「「「喔！」」」「喲！」

娜娜與獸娘們沿著神獸撞碎的地面衝向上級魔族。

露露用輝焰槍進行牽制，蜜雅開始詠唱精靈魔法，我想她大概是要召喚貝西摩斯。

我負責支援前衛。雖然支援系的魔法已經幫她們放好了，不過還是要用「隔絕壁」進行妨礙以及用「迷宮」來爭取時間比較好吧。

「緊急情況～」

「大砲的人已經準備好了喲！」

魔族舉在腰間的大砲周圍，開始「嗡嗡嗡」地聚集詭異的粒子。

與其說在瞄準我們，更像是想對費恩先生展開追加攻擊。

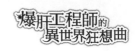

「用方陣，娜娜準備用堡壘！」

「是的，莉薩——」

娜娜停下腳步，將黃金鎧的浮游盾移動到前方。

「——堡壘，我這麼告知道。」

接著說出指令。黃金鎧的部分變形，一步步展開魔力障壁，最後構築出堡壘。我還是第一次見到這種變形，感覺堡壘本身也遠比白銀鎧的版本堅固。是像堡壘改二的感覺嗎？

「來了！」

配合小玉的信號，獸娘們也架起三層方陣。

方陣的有效時間很短，因此時機非常重要。

伴隨著刺眼的閃光，粗大的光線將展開在堡壘外側的三重方陣逐步摧毀，跟堡壘的積層障壁激烈衝突，劇烈的閃光與轟鳴聲讓人眼睛和耳朵都感到疼痛。既然連擁有黃金鎧的遮蔽系統都會這樣，那麼要是毫無防備，或許會因此失明或是鼓膜破裂。

「咕嗯嗯嗯嗯！」

堡壘遭到壓制，娜娜撐著堡壘的大盾也被推了回來。

「隔絕壁！」

我也使用空間魔法從內側支撐堡壘。

娜娜穿過眼前的門，從位於戰場的出口門走了出來。

『樹皮的魔族啊！樹木就應該老實成為森林的一部分，我這麼告知道！』

帶著挑釁技能的聲音透過戰術輪話傳了過來。

「露露，等娜娜再多挑釁幾次之後就可以用加速砲——呃，露露？」

露露正待在神獸的身邊。

或許是消耗了太多力量，原本體型與山一樣大的神獸現在縮小到五公尺左右。

「請喝下這個。馬上就會好起來的。」

露露似乎是去治療神獸。

『……我又被妳救了呢，蘿蘿。』

「不，那個……我不是蘿蘿小姐，而是露露。」

『當時雖然消耗到變成幼狼，但我這次不會輸的。看好了，蘿蘿。』

神獸搖搖晃晃地站了起來。

「就叫你等一下了。明明受了連蘿蘿和露露都分不出來的傷，現在過去肯定也派不上用場，再稍微休息一下吧。」

『對手是上級魔族，不是人之子能夠應付的對手。』

「是這樣嗎？」

我用魔法「眺望鏡」在神獸的眼前顯示出戰場的光景。

莉薩小姐的龍槍貫穿魔族的身體，小玉用忍術玩弄著魔族，波奇跌跌撞撞地閃避魔族的攻擊，娜娜則用大盾架開魔族的踢擊。

『只有那個鱗族女孩的攻擊能產生作用，果然還是由我來——』

「露露，差不多可以嘍。」

我聳聳肩對露露說道。

「我知道了。」

露露拿出收納在黃金鎧的空間裡，有著粗大砲身的加速砲。

「上級魔族的動作非常迅速，打得中嗎？」

「沒問題，我會預測牠的動作模式——是這裡呢——瞄準結束，固定。」

露露拿著加速砲向輔助ＡＩ下達了指示。

『是的，小姐。次元楯，準備就緒。』

加速砲的輔助聲音如此回答。

我無視神獸訝異地詢問「還有其他人在嗎？」的話語。

透明的次元楯將加速砲又重又長的砲身固定在空中。

魔族並不在砲身前方，但露露的眼裡沒有猶豫。

「虛擬砲身展開。」

『了解，虛擬砲身，展開。』

加速砲的前方展開了約二十公尺長，用術理魔法系的擬似物質做成的砲身。

這個變形果然讓人很興奮呢！

「加速魔法陣，限制解除。」

『遵命，女士。電池，填充完成。』

裝設在加速砲旁邊的魔力筒開始填充生成魔法陣的魔力。

包含備用的電池在內，所有電池的魔力都消耗殆盡。

『加速，過度運轉。』

散發紅色光芒的魔法陣沿著虛擬砲身逐漸展開，整整一百枚的魔法陣疊在一起，這砲身還是老樣子充滿魄力呢。

「來了。」

蜜雅這麼說完的同時，能看見上級魔族踢開熱帶叢林的樹木衝了過來。

看來牠似乎注意到我們了。

「不會讓你礙事的！」

我連續放出隔絕壁阻擋牠的步伐。

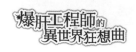

上級魔族讓身體表面變化形成許多類似水窪的凹洞，並且將光的粒子注入進去。大概是打算用那個進行攻擊吧——不過已經太遲了。

「發射！」

『開火！』

露露纖細的手指用力扣下扳機，將神聖的砲彈擊發出去。

伴隨著巨大聲響，露露的加速砲射出一道藍色的光束。

藍色光束如同雷射般命中了上級魔族的身體，將牠巨大的樹皮身軀上下一分為二並炸飛出去。

「什……麼？那個上級魔族竟然？」

露露用加速砲射出的聖彈不僅是主人特別製作，裡面還藏著像在開玩笑般的大量魔力。

如果用來攻擊魔族，其威力可是能匹敵我或蜜雅的禁咒呢。

——哎呀，小心駛得萬年船。

「還沒結束呢——神威隔絕壁！」

被上下分成兩半的上級魔族將做好發射準備的小型光線砲射了過來。

數道光線擊中神威隔絕壁，迸發出閃光以及火花。

雖然威力不及主砲，但數量夠多還是很有威力。

『阿基里斯獵人喲！』

波奇劃出數條藍色軌跡高速從上級魔族背後接近，並將上級魔族的腳踝連同障壁一起砍斷。

她似乎用了加上居合拔刀的必殺技「魔刃旋風」。

『魔刃雙牙～？』

小玉從上級魔族的影子裡現身，朝和波奇相反方向的另一隻腳使出必殺技。

這是一招用雙劍施展的連續攻擊，但威力稍嫌不足。即使的確打碎障壁，每道傷口都很淺，造成傷害的地方正逐漸恢復原狀。

『瞬動——螺旋槍擊！』

莉薩小姐的必殺技貫穿了上級魔族的後腦杓。

真不愧是龍槍，無論障壁或裝甲有多堅固都能貫穿。

「不妙——莉薩小姐！」

『——方陣！』

上級魔族的頭部變形成凹洞，朝著莉薩小姐射出擴散光線。

雖然莉薩小姐立刻用方陣擋下，但依然因為牠後續揮出的反手拳而被迫後退。

『不准東張西望，我這麼告知道。』

娜娜追上去發動盾擊。

——咦？

上級魔族的背後飄著某種閃閃發亮的東西。

我立刻用技能進行鑑定，發現那似乎是上級魔族障壁的一部分。

看來娜娜不是用劍，而是用大盾施展了她擅長的障壁破壞必殺技「魔刃碎壁」。

『魔刃影牙～』

小玉朝著被娜娜打碎障壁的地方，使出了加上忍術的必殺技。

這次好像造成相當程度的傷害。

『魔刃突貫喲！』

雖然上級魔族的障壁在波奇衝過去之前就已經再生，但波奇的必殺技依然乾脆地將上級魔族連同障壁一起貫穿，用巨大化的長劍朝牠的心臟刺過去。

上級魔族用與巨大身軀不符的敏捷動作，試圖閃避波奇的攻擊，不過我們可不會讓牠得逞。我跟和小玉分別使用隔絕壁和影縛阻止牠的行動。

——呃。

上級魔族從樹皮的內部射出光線。

「方——」

波奇立刻啟動方陣，但還是有幾道搶先射出的光線穿了過去。

「——喲！」

波奇側身進行閃躲，然而肩膀部分似乎還是稍微被擦到，她旋轉著身體飛了出去。

「波奇——！」

小玉用瞬動接住波奇，並以巧妙的步伐閃過上級魔族追擊的光線。

魔族最後急忙發出擴散光線，但被娜娜用大盾和自在盾擋住。

我用空間魔法「吸引物品」將波奇跟小玉拉過來。

「傷勢如何？」

「轉來轉去～喲。」

「看來是平安無事，只是頭暈而已。」

「太好了～」

小玉在得知波奇沒事之後安心地鬆了口氣，接著朝莉薩她們跑過去。

「晃來晃去喲。」

波奇的身體左右搖晃，收納在黃金鎧裡面的「白龍蛋」飛了出來。

不知道是用了什麼力量，蛋飄浮在波奇的周圍不停打轉。

「——哈，被蛋的人鼓勵了喲！」

「沒事吧？」

「沒事喲，波奇不會因為這種程度放棄喲！」

波奇露出認真的表情這麼說著，「白龍蛋」便回到波奇手上停止動作。

隨後波奇將蛋收回黃金鎧內，使用瞬動回到戰場。

雖然他們沒有交談，但能從中感覺類似羈絆的事物。

「亞里沙，第二發要來了！」

上級魔族不知道什麼時候與莉薩她們拉開距離，擺出發射光線的姿勢。

因為距離太遠看不清楚，不過好像是類似藤蔓的東西暫時妨礙了大家的行動。

「貝西摩斯——天變地異。」

雷擊之雨從上級魔族的上方灑落，大地裂開讓上級魔族陷進去。從反射的紅光來看，裂開的地面下方充滿岩漿。

蜜雅因為缺乏魔力而跪下。

「幹得好，蜜雅！露露，再次裝填還要很久嗎？」

我將上級魔力恢復藥遞給蜜雅，接著向露露確認加速砲的魔力填充狀況。

「抱歉，亞里沙。目前只填充了三分之一左右。」

「知道了。」

我透過能前往目視範圍的短距離轉移，移動到能看見上級魔族被岩漿吞沒的位置——也就是牠的正上方。

「自由落體好可怕！」

接著說出這句話掩蓋恐懼，朝牠扔出了威力最大的上級魔法。

「——火焰地獄！」

加上岩漿的熱量之後，火焰地獄將上級魔族澈底烤熟。我也在漫畫上見過這個情況，威力加倍了呢。

——呃。

雖然有熱氣從下方吹上來，但因為有黃金鎧的魔力障壁保護所以我毫髮無傷。

在一頭撞進超高溫區域之前，我再度使用短距離轉移來到蜜雅身邊。

數道光線從地面飛出，射穿了我剛剛待的位置。

好險好險，要是一直待在那裡，現在身上就會多了好幾個洞。

「受到那麼多攻擊居然還活著，牠到底有多耐打啊？」

『感覺好奇怪～？』

小玉像要蓋過我的抱怨似的小聲說道。

『亞里沙，我認為剛剛的攻擊是從距離地面的裂縫有段距離的地方發射的。』

莉薩小姐詳細地將小玉覺得奇怪的地方告訴我。

難不成——

「蜜雅，可以解除貝西摩斯的召喚，讓格諾莫絲搜尋地底嗎？」

「做得到。」

蜜雅搖搖頭，遠方的貝西摩斯晃動大地。

「難道說，貝西摩斯也能做一樣的事？」

「嗯，可以。」

蜜雅閉上眼睛集中精神。

『來了。』

『『方陣！』』『喲！』

『堡壘，我這麼宣告道。』

小玉說話的同時，莉薩小姐她們和娜娜全力展開防禦障壁的聲音也傳了過來。

緊接著幾乎同一時間，一條轟飛樹海樹木的粗大光線飛上空中。

——糟糕，慢了一步。

「大家，不要緊吧？」

『是的，亞里沙。所有人都沒事，我這麼報告道。』

太好了，就算沒有我的隔絕壁好像也沒問題。

『因為剛剛那招，方陣已經用完了。』

『Me Too～？』

『波奇還沒問題喲！』

『堡壘已停止運作，我這麼告知道。』

——呃，不好了。

「亞里沙，找到了。本體在地下。」

蜜雅用有一點長的句子對我說道。

如我所料，上級魔族的本體似乎在地底下。

「可以把牠拖到地面上來嗎？」

「嗯，交給我——貝西摩斯，上吧。」

貝西摩斯一頭撞進地面——並直接將上半身鑽進去，接著咬住某個東西用力拉上來。

——好噁心。

若用地瓜來形容，就像連接藤蔓的塊根部分變成上級魔族的上半身那樣的感覺吧？

「——火焰地獄！」

我朝著飛上空中的上級魔族發出了能立刻使用、威力最大的攻擊魔法。

「加速砲——步驟省略，緊急砲擊！」

露露拿出拋棄式加速砲，用地板代替支架準備砲擊。

「——這裡！」

沒有透過空間魔法固定發射的加速砲重心偏移得非常嚴重，即使如此露露依然在最適當的時機扣下扳機，用加速砲射穿了上級魔族的本體。

受到沉重傷害的上級魔族掉了下來。

莉薩小姐自然不可能放過這麼好的機會。

『娜娜！』

『是的，莉薩。』

在莉薩小姐的催促下，娜娜用空步衝到空中。

上級魔族放出類似脈衝雷射的光彈，但娜娜透過斬斷魔法的要訣輕鬆將其彈開，並進入必殺技的預備動作。

『零之太刀——「魔刃崩砦」。我這麼告知道。』

一馬當先衝上空中的娜娜用必殺技破壞了上級魔族的防禦障壁。

『一之太刀，影縛——』

從地上伸出來的影子將上級魔族緊緊綁住，從影子裡現身的小玉雙手握著散發藍色光芒的聖劍。

『——魔刃影牙～？』

小玉的必殺技將上級魔族的樹皮澈底撕裂，緊隨其後的影刃進一步擴大傷口。或許是吸取了上次的教訓，小玉將影子化為楔子妨礙樹皮再生。

『二之太刀，加上居合拔刀的——魔刃旋風喲！』

波奇巨大化的聖劍挖開了小玉造成的傷口。

『三之技——魔槍龍退擊！』

莉薩小姐衝進波奇挖出的傷口，用龍槍施展必殺技往核心位置推過去。

『絕之技——「魔刃爆裂」！』

隨著莉薩小姐的喊聲，上級魔族的體內同時滲出藍色的光芒，最後從內部炸開。

碎片變成黑色的霧氣逐漸消失。

「看來是解決牠了。」

夥伴們揮著手走回來。

雖然一開始是由神獸芬里爾削弱牠，不過光靠我們就打敗上級魔族，算是相當了不起的戰果吧？

『別大意！那傢伙可是很頑強的！』

原本安靜地專注恢復體力的神獸搖搖晃晃地站起來發出警告。

「蜜雅，還有敵人嗎？」

「沒有——等一下。」

蜜雅的雙眼快速地動了起來。

貝西摩斯也像在配合她的舉動般左顧右盼，最終停在某個方向。

「找到了。」

比剛剛還小的上級魔族衝了過來。

牠手上沒有大砲。既然如此，就算是現在的娜娜——

此時貝西摩斯的頭部動了起來。

「那邊也有。」

樹海的另一端發出光芒。

貝西摩斯朝那裡衝過去，並且用身體擋住那足以撕開樹海的粗大光線。

「謝謝。」

蜜雅對化為精靈力逐漸消散的貝西摩斯說出感謝的話語。

『方陣喲！』

『輕輕鬆鬆～』

波奇擋住擴散光線、小玉閃過上級魔族的攻擊、娜娜用大盾架開牠的普通攻擊，莉薩小姐則是用龍槍消耗牠的體力。

不行，在被第一隻拖住的時候，第二發就要打過來了。

我的攻擊魔法也沒辦法一發解決牠——既然如此！

『聽到我的信號就後退。』

接著我用短距離轉移來到莉薩小姐她們附近。

「就是現在——空間消滅！」

『影縛～？』

小玉用忍術綁住上級魔族，我以動彈不得的牠為中心使用空間魔法。

上級魔族的身體伴隨著「喀喀喀」的吸引聲被挖開，暗紅色的魔核裸露出來。

『咚——喲！』

『魔槍龍退擊！』

上級魔族用手臂擋住波奇的攻擊，但就在牠被波奇引開注意力時，莉薩小姐趁機使用必殺技刺穿並粉碎了上級魔族的魔核。

上級魔族的身體化為黑霧逐漸消失。

大概是因為本體已經被摧毀，才變得這麼脆弱吧。

「來了。」

我在小玉發出警告的同時用空間轉移到露露她們的身邊。

雖然神獸已經穿過森林逼近上級魔族，但我不認為來得及阻止另一隻的砲擊。

——再轉移。

失敗了？糟糕，魔力不夠了。

「方陣！」

「方陣喲！」

即使露露發動方陣，波奇似乎也因為魔力不足而無法啟動。

只有一枚根本無濟於事。

「請交給我吧，我這麼告知道。」

娜娜擋在大家的面前。

「不能亂來——」

「這不是亂來，我這麼主張道。」

她看著我露出微笑。

不行啦，娜娜。竟然想犧牲自己——

「——『不落城（城堡）』，我這麼告知道。」

黃金鎧在娜娜說出指令的同時開始變形，朱紅色和紅色的光芒如同閃光燈不斷閃爍著。
——啊咦？
障壁一個接一個地冒出來，形成了與堡壘不同——但是更加堅固的橢圓形積層障壁。
那個障壁跟粗大的光線產生激烈的衝突。
方陣瞬間就被摧毀，不落城的堆疊障壁卻紋風不動地將光線擋下。
「——好厲害。真是的，要是有這麼厲害的防禦障壁，從一開始就該用啦。」
「因為主人下達了『尚未進行實戰測試所以不能用』的指示。我老實地這麼說道。」
原來如此，是因為這樣才沒有用啊。
發出砲擊的上級魔族也被神獸給突襲打倒，沒有本體之後果然變得很脆弱呢。
「不過這個好像在哪裡見過耶。」
「不覺得很像拉拉其埃的天護光蓋嗎？」
「啊——的確有點像呢。」
「喵！喵喵！」
剛剛發出的朱紅色和紅色光芒也很像神明大人的聖光，有什麼關聯嗎？
「啊哇哇哇，蛋的人又飛出來了喲！」
小玉顯得十分慌張，波奇則是坐立難安地看著在自己周圍快速旋轉的蛋。

「看來似乎還沒結束呢。」

「一、二、三——總共好像有十三隻。」

莉薩語氣凝重地開口，露露則是把出現在樹海另一端的上級魔族數量說了出來。

雖然最終頭目很難纏是固定套路啦。

但這也太誇張了吧？

◆

「十三隻是真的假的啊……」

……垂死掙扎拜託只來一次好不好。

我和蜜雅的魔力都還沒恢復到足以戰鬥的程度。露露也因為用了方陣，魔力不足以發射最大威力的加速砲。使用新機能的娜娜自然不用多說，莉薩小姐她們的魔力應該也沒剩多少才對。勉強自己去解決上級魔族的神獸大概也要撐不住了。

「光。」

——呃。

從蜜雅手指的方向，樹木的另一端能見到上級魔族的下方正在發出足以照亮上半身的詭異光芒。

那一定是上級魔族準備開砲的光芒。

「要是所有個體同時開砲，無法保證能擋得下來，我這麼告知道。」

「我知道啦！」

因為情況過於緊急，我的語氣也變得粗魯。

光是想施展歸還用的轉移，也得花六十秒來恢復魔力。雖然很想向主人發出求救信號，但由於距離太遠與心神不寧的緣故，使我無法好好發出訊號。

怎麼辦，我該怎麼做才好？

大家都表情凝重地看著我。

——呃，小玉？

唯獨小玉一個人像家貓般盯著空無一物的天空看。

「該怎麼辦喲？」

「不必擔心～？」

「小玉也該好好思考喲！波奇我們陷入非常非常大的危機了喲！」

「總會有辦法～」

小玉露出鬆了口氣的表情坐在地上。

是放棄了嗎？不，不可能有這種事——

「快看～？」

小玉指著天上說道。

「啊！喲！」

波奇受到影響往上一看，接著**露出笑容**。

於是我們也抬頭看向天空。

——是流星。

不，不對，那是主人的魔法。數量如同星空般的光彈雨從天上落下，轉眼間就將十三隻上級魔族消滅殆盡——連同大範圍的樹海一起。

能辦到這種事情的人只有一個。

「久等了，看來總算趕上了呢。」

「主人～」

「是主人喲！」

我們發出歡呼聲，朝著從天而降的主人抱了過去。

尾聲

「我是佐藤，一旦在忙碌的時期增加太多雜務，總是會不小心忘記而導致焦慮。雖然現在因為提醒功能會自動告知接近截止日期的事情，使得這種事也減少發生了。」

「抱歉我來晚了。」

我對抱上來的夥伴們道歉。

確認時發現上級魔族冒出來，讓我緊張了一下。

由於我急著撒出反射雷射的雨，使得樹海的一部分也受到上級魔族的牽連變成焦土。

「另一邊結束了嗎？」

「嗯，總算搞定了。」

因為先一步與不死族交戰的冒險者遲遲不肯撤退，花了我不少時間。

「陶洛斯沒有發生暴動，所以不要緊喔。」

「難不成全都被主人消滅了嗎？」

「不，為了不妨礙大家提升等級，我只用了『土壁』封住門讓牠們出不來而已。」

為了不讓牠們輕易通過，我先用厚二十公尺的「土壁」擋住，再用「泥土硬化」加以補強。要是這樣還能闖過，就把將軍或領主之類的領導階級打倒就行了。這樣不但能爭取到下一任領導階級出現為止的時間，失去領導者的陶洛斯對夥伴們來說也是不錯的獵物。

「這邊似乎很辛苦呢。」

我一邊聽著夥伴們和上級魔族交戰的事，一邊用「魔力轉讓」幫她們重新補充魔力。最近由於亞里沙和蜜雅的魔力值增加，甚至到了連我也必須中途使用魔力電池補充的程度。

「對了！主人，可以請你去找芬里爾在哪裡嗎？因為是主人動的手，我想應該沒有受到波及就是了。」

「別擔心，我已經派出魔巨人了。」

那是根據卡里恩神的理論製作的輕量型飛天魔巨人，因此我交代的任務並非把體型龐大的神獸搬回來，而是送魔法藥過去。

「主人，堡壘的機能已停止運作。我這麼告知道。」

——呃，真的假的。

「沒受傷吧？」

「是的，主人。要脫下鎧甲進行觸診嗎？我這麼詢問道。」

「不、不行啦！」

「不要臉。」

或許是我情急之下隔著鎧甲觸摸娜娜身體的緣故，鐵壁組合的兩人做出劇烈的反應。

AR也顯示娜娜沒有受傷，看來應該沒事。

「既然堡壘無法運作，大概打得很辛苦吧？」

「不，主人。我用城堡機能彌補了，我這麼告知道。」

那就好，不過我想堡壘機能會停止運作，大概是因為我裝了城堡機能的緣故。雖然做了好幾次效能瀕臨極限的測試，但那不能當作理由。必須更加充實安全迴路才行。

「主人，要塞都市前面的戰鬥結束了嗎？」

「似乎結束了喔。妳看，緹雅小姐過來了。」

聽亞里沙這麼說，我確認了一下，發現緹雅小姐的標誌正朝我們的方向移動。

於是我變成勇者無名的模樣等待她的到來。

「主人，現在她是大魔女模式喔。」

這麼說來她確實裝備著豪華的長袍跟法杖，帽子也戴得很低讓人看不見長相。

「是你們使用打倒上級魔族的魔法嗎？」

「沒錯，大魔女阿卡緹雅。」

因為她刻意壓低聲音裝出不同的語調，於是我也配合她。

「真正的勇者，為了感謝閣下的幫忙，就來開場宴會吧。」

「謝謝妳。不過我還有地方必須跑一趟，那場宴會就用來招待冒險者吧。」

「是嗎。既然如此，吾便不加阻攔。不過至少收下這個——」

緹雅小姐將一個護符遞過來。

那是個刻著複雜符文，散發金色光芒的護符。

「這個是？」

「加速魔力回復的護符，對能夠使用大魔法之人而言很方便吧。」

「可以嗎？」

「無妨，這對與源泉同在的吾來說，乃是無用之物。」

「既然如此，我就不客氣了。」

我收下護符，用「理力之手」讓夥伴們浮起來，自己也用天驅飛上空中。

「那麼，再見。」

向緹雅小姐揮揮手之後，我們使用歸還轉移離開現場。

◆

「佐藤先生！」

當我們換好衣服，順便帶著變成小型犬模樣的費恩回到阿卡提雅時，蘿蘿和倉鼠孩子們一同過來迎接我們。

「我回來了，蘿蘿。」

「露露小姐和大家都平安無事，真是太好了！」

夥伴們也向蘿蘿和倉鼠孩子們打招呼。

「哎呀？這孩子是？」

「是救下來的，我這麼告知道。」

蘿蘿探頭看著被娜娜抱在懷裡的幼狼。

「因為發現牠倒在森林裡，打算照顧牠直到恢復健康才帶回來的。」

「既然如此，由我來照顧牠吧。」

蘿蘿有些強硬地做出宣言。

「是無所謂啦，不過原來妳喜歡狼或狗嗎？」

「不，雖然不是這樣……在我還小的時候，也曾經在森林裡幫助過和牠一樣的孩子。雖然當時的我還是個小孩子，所以中途就交給緹雅小姐照顧了。」

她溫柔地摸著幼狼的頭。

不知道究竟是嫉妒還是單純想被搭理，倉鼠孩子們將臉貼在蘿蘿的腳邊。

不過話說回來，原來如此啊。我想蘿蘿過去照顧過的幼狼大概也是費恩吧。從他的言行來看應該沒錯。

「變得挺可愛的嘛——」

不知何時出現、換成弟子模式的緹雅小姐打量著幼狼這麼說著。

「——緹雅小姐！」

「哈囉——蘿蘿。小不點們好像也平安無事，真是太好了呢。」

緹雅小姐這麼對蘿蘿說完之後，朝我們看了過來。

「從今天傍晚開始，中央塔的前面會舉辦防衛慶祝會，記得要來喔。**你們幾個**應該也能來吧？」

看來她果然還是發現了我們的真實身分。

不過我們也掌握了她的真面目，我想她不會到處宣揚吧。

「我們會跟蘿蘿她們一起參加。」

「是嗎，太好了。我會在主賓席附近準備位置。」

聽見我的回答，緹雅小姐邊說邊點了點頭。

「哦——呵呵呵呵！」

此時傳來了壞人大小姐的高音笑聲。

是凱莉小姐和秘書托瑪莉特洛蕾小姐兩人。

「看來妳平安無事呢，蘿蘿。」

「小凱莉！妳是因為擔心才來看我的嗎？」

「才、才不是呢！只、只是湊巧——對了！是湊巧看到妳才過來看看的！」

亞里沙和蜜雅看著慌張的凱莉小姐，你一言我一語地說著「傲嬌一位～」和「老套」。

「雖然發生了一些狀況，但比賽就是比賽！先收集到兩種道具的人就是贏家喔！」

為了掩飾害羞，凱莉小姐指著蘿蘿大聲說道。

「——比賽？」

「是的，是一場比較誰能先集齊大魔女大人委託物品的比賽。」

蘿蘿對不解地偏著頭的緹雅小姐解釋。

「那不是有三種嗎？」

「因為我們已經得到寄生菇，所以才用剩下的兩種素材來進行比賽。而我已經拿到『潛地百合根』，因此只剩下『搗碎蛙的舌頭』——」

我往亞里沙看了一眼，只見她滿臉笑意地揚起嘴角，打開道具箱並拿出舌頭。

「當然，在這裡。」

「騙、騙人！這肯定是幻覺！」

這場比賽明明昨天才開始，中途還因為不死族的襲擊事件而中止。我們卻還是將難以取得的道具找齊了，這也難怪她會感到驚訝。

「咦？這是真的，也有真正的寄生菇喔？」

「是的，在這裡。」

我透過萬納庫從儲倉裡拿出寄生菇。

「嗚哇，真的耶。謝謝你們！這下就能製作重要的道具了！」

緹雅小姐興高采烈地抱著三種素材。

「那麼我就收下啦。報酬之後會送到店裡去。」

如此說完之後，便以隨時會跳起來的感覺與侍從一同離開了。

「這下比賽就是我們『勇者屋』贏了呢！」

「……啊嗚啊嗚啊嗚。」

「大小姐，這次就老實認輸，之後再找機會報仇吧。」

托瑪莉特洛蕾小姐就這麼帶著燃燒殆盡的凱莉小姐回去了。

「那麼我們也回去吧。」

我這麼說著，與蘿蘿她們一起返回勇者屋。

「蘿蘿！妳沒事吧？」

「唷，蘿蘿，看來妳沒受傷呢。」

「看妳那麼有精神真是太好了。」

常客們都來到勇者屋的前面確認蘿蘿的安危，她還真是受到喜愛呢。

「諾娜小姐，還有大家也在！你們沒有受傷吧？」

「雖然我們每天都在受傷，但這次多虧勇者屋的藥才能撿回一條命啊。」

「我也是。要是沒有那個藥，現在應該跟其他傢伙一樣躺在床上動彈不得吧。」

「能派上用場真是太好了。」

我們為了打算順便過來補充消耗品的常客們開店營業，直到傍晚為止度過了一段忙碌的時光。

再怎麼說也不可能讓剛經歷生死關頭的夥伴們接待客人，所以我強迫她們去休息。

「那麼蘿蘿，慶祝會上見嘍。」

「好的，諾娜小姐。非常感謝妳的幫忙。」

因為看不下去蘿蘿忙到暈頭轉向的模樣，諾娜小姐從中途開始就在店裡幫忙。

「等打烊之後，就去做慶祝會的準備吧。」

「您說準備嗎？說得也是，必須心懷感激地替保護都市的冒險者們做點好吃的才行。」

雖然蘿蘿捲起袖子的模樣很可愛，但有些不太對。

「不是那個意思，是要妳去梳妝打扮啦。」

亞里沙突然從店裡探出頭來。

「可、可是我沒有能夠用來打扮的衣服——」

「沒問題的，蘿蘿小姐。我會把衣服借給妳。」

「——露露小姐。」

露露看起來有些開心地推著蘿蘿的肩膀把她帶進屋子裡。

「幼生體也該梳妝打扮，我這麼告知道。」

娜娜興沖沖地撿起倒在地上的倉鼠孩子們並且帶走了。儘管有點擔心，不過有蜜雅跟著她，應該沒問題吧。

「有好好休息嗎？」

「嗯。不僅喝了營養劑，還好好睡了一覺，所以沒問題啦。」

於是我也吩咐亞里沙她們去準備慶祝會，自己則開始準備打烊。

「主人，不好了喲！」

波奇慌慌張張地從店裡衝了出來。

「不好了不好了～」

小玉似乎也在一起。

「怎麼了？」

「蛋的人怪怪的喲！」

波奇指的是在她腹部左右跳個不停的「白龍蛋」吧。

她像在玩躲避球似的用雙手和胸部接住氣勢十足地跳出托蛋帶的蛋。

「它突然亂動了起來喲——不要緊了喲，已經沒有東西好怕了喲。」

波奇後半段的話是對蛋說的。

「出現了裂痕～？」

「不好了喲！再這樣下去會裂開喲！」

波奇和小玉些微地陷入了恐慌。

——難不成。

「應該是要孵化了吧？」

「孵化～？」

「孵化是什麼喲？」

「蛋會破掉，從裡面跑出小嬰兒的意思喔。」

聽到我說的話，小玉和波奇的尾巴與耳朵豎了起來，顯得十分驚訝。

「會生出小嬰兒喲？」

「哦，Great～？」

眼看著裂痕逐漸變大，能從蛋的缺口部分看見像嘴巴的鼻頭。

「還差一點喲！加油喲！吸、吸、吐——喲！」

「加油～」

小玉和波奇拚命地打氣。

就算是「能貫穿一切」的龍牙，在這個角度也很難發揮作用吧。

——LYURYU。

「叫了！發出『溜溜』的叫聲了喲！」

「好可愛～」

蛋的深處瞬間發出些微的紅色光芒。

——不妙。

我使用「歸還轉移」帶著蛋、小玉跟波奇來到要塞都市阿卡緹雅的外面。

在轉移結束的下個瞬間，蛋的內部發出鮮紅的光芒，火焰從小小的洞裡噴出來。

「喵？」

「好燙燙喲！」

由於感覺會燙傷，我將蛋從波奇手上拿走，用「理力之手」讓它浮在空中。

就算受到龍之氣息，蛋依舊沒有絲毫著火的跡象。

幼龍好像也放棄使用氣息，而是改用鼻子打破蛋殼。

或許一般都是由父母龍提供協助也說不定，於是我試著用手指幫忙撥開蛋殼。

——好硬。

單純靠力氣似乎行不通，我拿起龍牙短劍割開蛋殼。

因為擔心牠會像雛鳥一樣認親，我事先用透明斗篷消去自己的身影。

——ＬＹＵＲＹＵ。

「蛋的人出來了喲！」

是一隻純白的白龍。

「恭喜～？」

「祝你生日快樂～喲！」

——ＬＹＵＲＹＵ。

幼龍拍動著小小的翅膀，朝波奇的方向發出叫聲。

看來牠還飛不起來。

「波奇，幫這孩子取個名字吧。」

「好喲，這個孩子的名字——」

——ＬＹＵＲＹＵ。

幼龍用臉磨蹭著波奇不停地叫著。

「——就叫溜溜喲！」

在波奇取名的同時，白色的光芒包覆幼龍和波奇。

或許是某種魔術相關的連結產生了聯繫也說不定。

——ＬＹＵＲＹＵＲＹＵＵＵ。

幼龍的叫聲與波奇她們的歡呼聲迴盪在晴朗的天空。

EX：飛行魔法

「在空中自由飛行是我從小以來的夢想。雖然是個如同憧憬英雄般不切實際的夢想，但現在已經只差一點點了。就算為了報答提供協助的人們，我也絕對要讓這件事成功——」潔娜．馬利安泰魯說。

「呀啊啊啊啊啊啊！」

女性的慘叫聲迴盪在鄰近迷宮都市賽利維拉的荒野。

「潔娜！」

聖留伯爵領的士兵莉莉歐看著天上呼喚同僚的名字。

她的視線注視著因為魔法失去控制，從空中旋轉墜落的魔法兵潔娜。

「嗚，■■……」

潔娜焦慮地看著地面離自己越來越近。

此時一道白色的身影衝到潔娜的面前。

「蛙倫，用『膨脹』，我這麼告知道！」

某人的聲音響起，潔娜全身同時受到衝擊。

但並不是預料中的堅硬荒野地面，而是一股比床鋪的稻草堆更加柔軟的觸感包住了她。

下個瞬間，她再次彈上空中。

反覆彈了幾次之後，氣勢逐漸減弱，潔娜隊上的伊歐娜和魯鄔跑過來接住她。

潔娜終於恢復正常的視野裡見到一隻鼓起腹部的迷宮蛙，以及娜娜姊妹中的老么維兔站在對面的身影。

看來就是這隻身為維兔從魔的迷宮蛙接住了墜落的潔娜。

「潔娜，妳沒受傷吧？」

「是的，我沒事。」

莉莉歐馬上確認潔娜的身體。

「沒事就好，我這麼告知道。」

「謝謝妳們，小維兔與小蛙倫。」

「沒問題，我這麼告知道。」

維兔挺起自己單薄的胸部，從魔的迷宮蛙也擺出相同的姿勢。

見到她們的模樣，潔娜原本緊繃的表情也緩和下來。

「潔娜小姐，我們應該約好在習慣之前不能飛太高才對吧？」

「對啊，潔娜。看妳突然提升高度嚇了我一跳呢。」

「對不起，控制失靈了。」

遭到伊歐娜和魯鄔責備的潔娜縮起身子。

「事先找來維兔和她的從魔看來是正確的呢。」

「歡迎稱讚，我這麼告知道。維兔受到誇獎就會成長，我這麼告知道。」

被魯鄔摸頭的維兔雖然面無表情，但語氣很開心似的回答。

「失控的時候，或許換成用其他魔法會比較好喔。」

「是指『降低落下速度』和『空氣牆』吧？」

潔娜也同意伊歐娜的建議。

換作平時的她就算從高處墜落，應該也會採取一邊使用「降低落下速度」減緩速度，一邊用魔法「空氣牆」減輕衝擊的方法吧。似乎因為太執著於掌控「飛行」導致錯過了時機。

「看是要這麼做，還是去就算墜落也不會有事的水面或沙漠練習飛行吧。」

即便目前所在的荒野也有來自大沙漠的沙堆，但不具備能夠抑制墜落衝擊的緩衝性。頂多只能減少迫降時受到的傷害。

「好的，我會稍微思考對策之後再練習。」

潔娜這麼說完，再度向現場的所有人低下了頭。

◆

「果然還是只能去大沙漠……」

潔娜坐在公會前的廣場上雙手托著臉頰，憂鬱地嘆了口氣。

「潔娜小姐，您怎麼了嗎？」

「——佐藤先生？」

潔娜露出燦爛的笑容回頭一看，但是眼前的並不是心上人，而是潘德拉剛家的御用商人亞金多。

他的長相與佐藤完全不同。

（還以為是佐藤先生，這是為什麼呢？明明長得一點都不像啊。）

潔娜在內心表示不解。

「我的聲音有那麼像子爵大人嗎？」

亞金多忍著笑意詢問。

這是因為他的真實身分正是佐藤．潘德拉剛子爵本人。

「對、對不起，亞金多先生。」

「沒事的，不必道歉。」

亞金多笑著回答道。

「您看起來好像不太開心，是遇到了什麼問題嗎？」

「不，沒什麼大不了的。」

「有煩惱時只要向他人傾訴就能變得輕鬆許多。就算是發牢騷也沒關係，要不要說說看呢？」

「其實……」

猶豫了一會之後，潔娜將飛行魔法用得不順利的事說了出來。

「說起飛行魔法，就是上級的風魔法吧。原來潔娜小姐是個能夠使用飛行魔法的大魔法使大人了呢。」

「不，像我這種人還差得遠。」

「怎麼會差得遠呢，這是非常值得自豪的事。看來潔娜小姐的師傅是很優秀的人呢。」

「是的。我有過一個雖然嚴格，但是非常優秀的老師。」

或許察覺到潔娜用的是過去式，亞金多並未深究，繼續說下去。

「飛行魔法的魔法書是您師傅的嗎？」

「不，是跟小光小姐——跟某位朋友借來的。」

「那真是段佳話呢。」

「是的。我能夠使用上級魔法，也是託了那位的福。」

潔娜想起在訓練營度過的壯烈日子，顯得有些消沉。

「那麼飛行魔法也是跟那位學的嗎？」

「那位朋友不會使用風魔法……」

潔娜相當遺憾似的垂下眼角。

「既然如此，去向擅長飛行的人請教就行了。」

「擅長飛行的人嗎？我認為會用飛行魔法的人應該沒那麼容易找到耶？」

「不是的。如果光論飛行，鳥人和蝙蝠人會比較了解喔。」

聽完亞金多說的話，潔娜露出恍然大悟的表情。

接著在亞金多的建議下，前去和聚集在傳令屋的鳥人們見面。

「在空中飛行的方法？」

與獸人們不同，鳥人們能用尖銳的聲音流暢地說話。

「就是唰——地張開翅膀，再乘著風勢咻——地飛行。」

「沒錯沒錯，等到輕飄飄地浮起來之後，就能唰唰——地飛起來了。」

鳥人們的解釋都是音效和手勢，幾乎沒辦法當作參考。

「請問有沒有稍微好懂一點的訣竅呢？」

「就算妳這麼說～」

「畢竟我們從懂事的時候就會飛了啊～」

雖然亞金多因為看不下去而從旁插嘴，但是鳥人們就連自己的解釋究竟哪裡有問題都搞不清楚。

「對了，找那傢伙怎麼樣？車尾鳥的凱洛斯。」

「您說凱洛斯先生嗎？」

「是啊，他是個直到成年才終於會飛的傢伙。假如是他，應該跟我們不同，就算對方是人族也能好好說明吧？」

「說得沒錯，畢竟那傢伙挺理論派的。」

鳥人們這麼說完後，就對潔娜與亞金多失去興趣，再度自顧自地聊了起來。

「那麼我們去跟凱洛斯先生見個面吧。」

亞金多快步走了出去。

「那……那個，亞金多先生。」

「是，有什麼事嗎？」

「您知道凱洛斯先生在哪裡嗎？」

聽潔娜這麼說，亞金多暫時停下動作。

「是的，我曾經見過他一次。他今天應該也在那裡才對。」

他沒有說出自己用地圖調查的事，而是在詐術技能的幫助下，編了個看似合理的理由。

「好像就是他。」

亞金多的面前，有個翼人少年坐在壞掉的塔上。

他並不是鳥人族那種倒三角形的身材，而是有些苗條的感覺。

「人族——不對，背上有翅膀呢。」

「他好像是翼人，我也是第一次見到。似乎是棲息在南方半島的種族。」

「說起半島，是在貿易都市塔爾托米納的對面嗎？」

亞金多向確認自己模糊知識的潔娜點了點頭。

「午安，你就是凱洛斯先生沒錯吧？」

「有什麼事嗎？」

凱洛斯從塔上降落下來。

「我是來委託工作的。」

「可以啊，要把什麼運到哪裡？事先說好，我的速度比其他傢伙來得慢，要是不介意的話就僱用我吧。」

可能因為委託很少，他連對方的身分都沒確認就答應了。

「我要委託的是指導她飛行的方法。」

「教人族？明明沒有翅膀卻想飛嗎？」

凱洛斯驚訝地瞪大了眼睛。

「她是個魔法使。」

「是要用魔法飛嗎？像飛行木馬那樣？」

「不是的，是要跟你們一樣乘風飛行。」

「哦——那樣應該教得了。」

凱洛斯用一枚銀幣的價格接下了指導潔娜的工作。

接著他們更換地點到位於「蔦之館」附近的自然公園。

「要在這裡練習嗎？」

「沒錯。在草地上就算摔倒也沒那麼痛，從高處落下時若是掉在樹上，樹枝可以當成緩衝材料，也不容易受重傷。」

聽潔娜這麼問，凱洛斯將選擇這裡的理由說了出來。

接著自虐地補充了一句：「別看我這樣，我可是很習慣墜落了呢。」

「現在妳能飛多久？完全不會飛嗎？」

「雖然有飛過一次，但在空中失控掉了下來……」

「飛一次讓我看看，立刻降落也沒關係。」

「我明白了。■■……■飛行！」

當潔娜發動風魔法「飛行」之後，以她為中心捲起了一陣強風。

肆意生長的草叢如同波紋般擺動，周圍飛散著被撕裂的雜草與蟲子。

潔娜先在地面捲起一陣暴風之後，以宛如瞬間消失般的氣勢衝上空中。

轉眼間就飛到了十幾公尺的高空，隨即失去平衡迅速掉下來。

「呀！」

受到自己魔法影響的潔娜短暫地發出慘叫，但與之前受到同僚及維兔幫助時不同，她在發現失去控制之後立刻解除飛行魔法，開始詠唱魔法「空氣牆」。

「……■空氣牆。」

因為發動得有點慢，潔娜沒能降低多少速度就撞上地面。但不知道發生了什麼奇蹟，她毫髮無傷地靠自己的雙腳站起來。

「太好了，妳沒事啊。還以為已經不行了呢。」

即便凱洛斯沒有發現，但潔娜在即將撞上地面時被人施展「附加物理防禦」的魔法，同時還在「理力之手」的幫助下抵銷了部分衝擊。

當然了，做出這件事的人正是在他身旁觀看情況的亞金多。

「真是悽慘啊。」

「不好意思，我就是飛不好。」

潔娜向作出嚴厲批評的凱洛斯低下頭去。

「那麼，請問我該怎麼改進呢？」

「如果能張開翅膀飛行就能透過風壓了解情況，但因為妳沒有翅膀，所以很難指出問題究竟出在哪裡啊……」

被問到該如何改善的凱洛斯這麼說完便陷入沉思。

「既然如此，用這個怎麼樣？」

亞金多從懷裡拿出白色粉末一撒，粉末順著空氣流動，讓風的走向變得清晰可見。

「只要潔娜小姐揹著裝有這種粉末的袋子，我想就能持續看出空氣流向了。雖然衣服也會沾滿粉末，這點就請當成必要措施放棄吧。」

「謝謝您，亞金多先生。」

潔娜將附帶拉繩的背包揹起來，似乎只要一拉繩子就會撒出粉末。

「我說……真虧你準備了這種東西耶。」

「因為我認為可能會發生這種事。」

亞金多露出爽朗的表情對目瞪口呆的凱洛斯說道。

或許是習慣跟佐藤相處的緣故，潔娜好像不怎麼吃驚。

「那麼我開始了，■■……■飛行！」

潔娜再度發動飛行魔法。

「光是單純上下揮動翅膀是飛不起來的，在翅膀往上揮時，儘量不要抓住空氣。」

「不要抓住空氣？」

「就像這樣。」

見潔娜不解地偏著頭，凱洛斯用自己的翅膀做了示範。

「像這樣子嗎——浮起來了！」

「沒錯！做得好！」

見到潔娜緩緩地浮起來，凱洛斯像自己成功了一樣開心。

「左右要保持平衡，空氣密度與風向不是固定的，要注意翅膀抓住的風量！」

「是——嗚哇哇！」

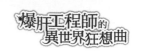

「別著急！失敗也沒關係，要好好記住自己做出的動作和實際反應的關聯性！」

在凱洛斯的指導下，潔娜飛得越來越好。

這段期間雖然也墜落了好幾次，但在亞金多不為人知的幫助下，她並未受到多少傷害，持續地進行特訓。

「能飛了！這次成功飛起來了！」

「沒錯，就是這樣。小心翼翼地著地！記得速度要放慢——就是這樣！」

潔娜慢慢地降下，輕輕地著地。

「幹得好，牢記現在的感覺。這麼一來今後妳想飛多久都可以。」

「非常感謝您！老師！」

「老師？妳說我嗎？」

「是的，託您的福，我變得能夠飛行了。」

「我嗎……」

凱洛斯一臉茫然地開口。

「——比、比起這個，趁還沒有忘記剛剛的感覺之前快去練習！」

「是的，老師！」

潔娜詠唱飛行魔法，輕飄飄地飛了起來。

從地上抬頭看著這一幕的凱洛斯喃喃自語地說道：

「老師，嗎。」

「是的，你是個非常優秀的老師喔。」

「我不是這塊料，畢竟我可是一直都飛不好的『車尾鳥』凱洛斯啊。」

「不，你毫無疑問是個優秀的老師。正因為你無法正常飛行，才能夠好好指導他人。」

「是嗎……這樣啊！」

凱洛斯低下頭，拳頭不斷顫抖。

他並非在生氣，而是對自己做了值得引以為傲的工作，並得到認同的事感動不已。

「老師——！亞金多先生——！」

潔娜在空中揮手。

亞金多從細細品味著充實感的凱洛斯身上移開視線，揮手回應潔娜。

等下次他以佐藤的身分站在潔娜的面前時，屆時應該會與她一起在空中散步吧。

亞金多一邊想著那一天的到來，一邊守望練習飛行的潔娜。

後記

您好，我是愛七ひろ。

非常感謝各位購買《爆肝工程師的異世界狂想曲》第二十三集！

因為這次的頁數跟之前一樣少，就簡短地聊一下新書的看點吧。

本集異於上集西方諸國觀光的內容，以位於樹海迷宮深處的要塞都市阿卡緹雅為舞台。

不僅收錄了許多ＷＥＢ版大受好評的阿卡緹雅篇內容，更提升了角色深度，以及追加登場角色大幅增加故事內容，因此就算是看過ＷＥＢ版的讀者應該也能好好享受。

內容也加入了許多希嘉王國看家組和雅潔小姐的戲分，敬請期待！

因為行數快要用完了，就進入慣例的謝詞吧！我想向Ｉ和Ａ兩位責任編輯與ｓｈｒｉ老師，以及其他與這本書的出版、通路、銷售、宣傳與跨媒體相關的所有人士獻上感謝！

接著是各位讀者，非常感謝大家將本作品看到最後！

那麼下一集，在阿卡緹雅篇（下）再會吧！

愛七ひろ

Silent Witch 沈默魔女的祕密 1~2 待續

Kadokawa Fantastic Novels

作者：依空まつり　插畫：藤実なんな

魔力測定&恩師赴任——
最強魔女面臨身分穿幫的危機即將崩潰!?

〈沉默魔女〉莫妮卡光是安然度過普通的校園生活就已經讓她精疲力竭，然而身分穿幫的危機卻一波波接踵而至？對大家而言輕而易舉的社交舞與茶會，都讓莫妮卡一個頭兩個大。就在這麼傷腦筋的節骨眼，又出現了新的危機朝第二王子逼近？

各 **NT$220~280/HK$73~93**

魔王學院的不適任者~史上最強的魔王始祖，轉生就讀子孫們的學校~ 1~10〈上〉待續

Kadokawa Fantastic Novels

作者：秋　插畫：しずまよしのり

阿諾斯向「世界瑕疵」的真相發起挑戰，第十章〈眾神的蒼穹篇〉！

為了取回被奪走的德魯佐蓋多與艾貝拉斯特安傑塔，阿諾斯一行人踏入神居住的領域──眾神的蒼穹。掌管生命輪迴的四位神，以及應該要循環的生命正逐漸減少這件令人震撼的事實，在那裡等待著他們。然而生命減少，無非意味著世界正緩慢地邁向滅亡……

各 **NT$250~320/HK$83~107**

國家圖書館出版品預行編目資料

爆肝工程師的異世界狂想曲 / 愛七ひろ作；九十九夜譯 . -- 初版 . -- 臺北市：臺灣角川股份有限公司，2023.02-

冊；　公分 . -- (Kadokawa fantastic novels)

譯自：デスマーチからはじまる異世界狂想曲

ISBN 978-626-352-261-9(第 23 冊：平裝)

861.57　　111020698

Kadokawa
Fantastic
Novels

爆肝工程師的異世界狂想曲 23

（原著名：デスマーチからはじまる異世界狂想曲 23）

2023年2月9日 初版第1刷發行

作者：愛七ひろ
插畫：shri
譯者：九十九夜

發行人：岩崎剛人
總編輯：蔡佩芬
編輯：楊芫青
美術設計：李思穎
印務：李明修（主任）、張加恩（主任）、張凱棋

發行所：台灣角川股份有限公司
地址：104台北市中山區松江路223號3樓
電話：（02）2515-3000
傳真：（02）2515-0033
網址：www.kadokawa.com.tw
劃撥帳戶：台灣角川股份有限公司
劃撥帳號：19487412
法律顧問：有澤法律事務所
製版：巨茂科技印刷有限公司
ISBN：978-626-352-261-9